KRIEGSKIND
Auf der Suche nach dem inneren Frieden

von

Merima Besic-Krüger

© 2022 Merima Besic-Krüger

Herstellung und Verlag: BoD – Books on Demand, Norderstedt

ISBN: 978-3-7448-0913-9

Folge Merima auf:

 @travelonlyforyou

Eine bedeutsame Begegnung und die ungeplante Reise in die Vergangenheit. Eine Auseinandersetzung mit sich selbst und Gefühle, die vor langer Zeit entstanden sind. Gefühle die heute noch eine große Rolle im Leben spielen.

Über die Autorin

Merima Besic-Krüger, geboren in Mostar im ehemaligen Jugoslawien, lebt seit vielen Jahren mit ihrer Familie in Düsseldorf, Deutschland. Sie ist im Jahr 1995 nach jahrelangem Krieg in ihre neue Heimat nach Holland geflüchtet. Ihre Kindheit hat sie sehr geprägt und spielt bis heute eine große Rolle in ihrem Leben.

Merima hat einen Abschluss in der Betriebswirtschaft und hat viele Jahre in der freien Wirtschaft gearbeitet.

An alle diejenigen, die auf der Suche sind nach sich selbst und nach dem inneren Frieden.

DU BIST NICHT ALLEIN

1

Kennst du das auch - dieses Gefühl, einem Menschen oder einem Ort so nahe zu sein? Das Gefühl, bei einem Menschen angekommen zu sein? Heimisch an einem Ort zu sein, obwohl es nicht die Heimat ist?

An einem Ort, an dem du dich ganz besonders gut, ausgeglichen, zufrieden und sicher fühlst? Hast du das auch? Einen Ort oder einen Menschen, der dein Leben lebenswerter macht? Einen Ort voller Magie, die nicht in Worten zu fassen ist? Ein Gefühl, das nur an diesem magischen Ort erwacht und dir das Gefühl gibt, angekommen zu sein? Selbst wenn in deinem Leben nicht alles optimal läuft – dieser Ort oder dieser Mensch geben dir für einen kurzen Moment das Gefühl, dass alles gut wird. Du brauchst dir keine Sorgen zu machen, denn am Ende wird alles gut werden – das ist das Gefühl, das dir dieser Ort vermittelt. In diesem Moment und an diesem Ort ist das Leben leicht und angenehm.

Ich glaube, so einen magischen Ort zu kennen. Einen für mich wirklich besonderen Ort. Ich kehre jedes Jahr dorthin zurück. Es ist ein Ort, an dem ich das Gefühl habe, sicher, frei und glücklich zu sein. Es gibt kein anderes Fleckchen Erde, an dem ich mich so fühle und an das ich regelmäßig so gern zurückkehre. Es fühlt sich so heimisch an, auch wenn es weit weg ist von meiner Heimat, meinem Leben und von allem, was mir vertraut ist.

Ich frage mich oft, ob es sich so gut anfühlt, eben weil es weit weg von allem ist, was mich bewusst oder unbewusst an die Vergangenheit und Gegenwart erinnert, oder ob es doch etwas anderes ist, was diesen Ort so besonders für mich macht. Sind es die Gedanken, die ich an diesem Ort für einen kurzen Moment ausschalten und einfach nur die Zeit genießen kann?

An diesem Ort kann ich meine Augen schließen, ohne Angst vor den Bildern zu haben, die sich dann normalerweise einschleichen. Es ist ein Ort, an dem ich einfach alles vergessen und das Leben ganz anders betrachten kann. Es fühlt sich dort nicht wie eine riesige Last auf meinen Schultern an.

Ich stelle mir oft die Frage: Was hat dieser Ort, was andere Orte nicht haben? Warum fühlt er sich so vertraut an? Und warum habe ich so ein angenehmes Gefühl, wenn ich dort bin? Warum kann ich nur da das Leben mit anderen Augen sehen? Warum spüre ich nur dort diese Leichtigkeit?

Ich habe oft versucht, eine Antwort auf all meine Fragen zu finden, habe oft versucht, das Rätsel zu lösen. Leider konnte ich mir diese Bindung nie wirklich erklären. Ich kann nur raten, warum sie da ist. Eindeutige Beweise habe ich bis jetzt nicht gefunden. Und ich würde so gern verstehen, was das alles bedeutet!

Ich glaube, dass jede Begegnung und jeder Ort in unserem Leben einen bestimmten Sinn hat. Es sind bestimmte Stationen in unserem Leben, die ihren eigenen, geheimen Zweck erfüllen.

Ob es die Begegnung mit bestimmten Menschen oder der Besuch eines bestimmten Ortes ist - irgendwann ergibt alles im Leben einen Sinn. Mal dauert es länger und mal weniger lang, bis gewisse Ereignisse Sinn machen und sich das Puzzle zusammenfügt. Die Suche dauert bei mir jetzt schon viele Jahre und beschäftigt mich sehr. Ich würde nur zu gern wissen, was das alles bedeutet, und ob das alles Sinn macht.

Und vor allem: Welchen Zweck soll das in meinem Leben erfüllen? Ich habe das Gefühl, dass ich mich selbst dann eventuell besser verstehen könnte. Die Antworten schweben noch in der Luft, sind nicht greifbar, und dieses Rätsel zu lösen, scheint fast unmöglich.

In den letzten Jahren gab es so viele Fragen, die in meinem Kopf herumgeschwirrt sind und mich tagtäglich beschäftigt haben. Nicht nur, was diesen Ort angeht, sondern auch, was mich selbst betrifft.

Ich kann dir sagen, es ist nicht immer angenehm, ständig auf der Suche zu sein. Diese ständige Leere zu fühlen. Einsam zu sein, obwohl so viele Menschen um einen herum sind, die einen lieben. Ich bin gefühlt mein ganzes Leben auf der Suche nach etwas, ohne zu wissen, nach was. Jahrelang habe ich all das, was mir widerfahren ist, erfolgreich verdrängen können. In den letzten Jahren habe ich mich mit meiner Vergangenheit auseinandersetzen müssen und einige Antworten finden können. Nur nicht alle.

An diesem besonderen Ort ist die Suche nach Antworten weniger wichtig, weniger präsent als zu Hause, in meiner gewohnten Umgebung und in meinem gewohnten Alltag. Ich habe mich oft gefragt, ob es an diesem magischen Ort liegt, oder an etwas anderem, was ich noch nicht entdeckt habe. Sind wir zu Hause in unserem Alltag gefangen und fallen immer wieder in ein bestimmtes Muster? Ab wann fangen wir an, uns diese grundlegenden Fragen zu stellen? Oder sind es gewisse Umstände, die uns dazu bewegen, uns selbst zu hinterfragen? Mal sind es mehr Fragen und mal weniger. Gefühlt fehlt ein Abschluss, denn in meinem Kopf ist noch so viel los. Hin und wieder herrscht richtiges Chaos dort drin. Von außen betrachtet würde das niemand vermuten, denn ich kann es sehr gut verbergen.

2

Die Aufregung vor der Abreise ist wie immer sehr groß. Ich versuche hektisch, an alles zu denken und alles zu packen. Völlig verrückt, denn an meinem besonderen Ort gibt es auch alles, was man sich nur denken kann. Aber ich bin dennoch sehr ängstlich, dass ich etwas vergessen oder übersehen könnte. Also gehe ich tausend Mal alles durch, um sicher zu gehen, dass ich an alles gedacht habe. So bin ich nun mal. Andere nennen mich eine Perfektionistin! Aber ist es das? Oder ist es nur die Unsicherheit, die ich in dem Moment zu kontrollieren versuche?

Wenn ich das Gefühl habe, an alles gedacht zu haben, verschwinden die Unsicherheit und die Angst vielleicht. Ich könnte dadurch etwas gelassener werden und die Zeit genießen. Ich könnte die Leichtigkeit spüren, die zu selten zum Vorschein kommt. Ich könnte meine Vorfreude noch besser spüren. Ich kann dir sagen, dass dieser Zustand ganz schön anstrengend sein kann. Nicht nur für mich, sondern auch für alle, die sich in dem Moment in meinem Umfeld befinden.

Und wie bei allem in meinem Leben, versuche ich auch hier, keine Fehler zu machen. Bloß nichts vergessen. Denn die Unsicherheit und Angst, ich könnte etwas vergessen haben und so einen Fehler begehen, bringt mich noch mehr aus meinem Konzept und Gleichgewicht. Also versuche ich krampfhaft, an alles zu denken und gehe alle möglichen Szenarien in meinen Kopf mehrmals durch.

Am Abend vor der Abreise bin ich sehr unruhig und kann von Aufregung kaum schlafen. Die Vorfreude, aber auch die Unsicherheit und Angst rauben mir den Schlaf. Ich denke darüber nach, was alles in meinem Koffer ist, ob ich an alles gedacht habe. Ob alle notwendigen Dokumente vorhanden sind, wie der Flug sein wird, die Einreise und die Passkontrolle. So viele Emotionen, Gedanken und Gefühle.

Ich kann nicht genau sagen, ob es an der Tatsache liegt, dass ich diesen besonderen Ort besuche oder daran, dass Reisen mir schon immer Angst gemacht hat. Und das, obwohl das Reisen immer ein großer Traum von mir war!

Ich wollte schon immer viele Länder sehen, andere Kulturen, Sprachen und Landschaften erleben. Ich stellte mir diese Abenteuer früher immer wieder vor, konnte stundenlang von fernen Ländern träumen. Das war meine Flucht aus der Realität. Meine ausgedachte Welt, in der ich für einen kurzen Moment glücklich und frei sein konnte. Ich konnte alldem entfliehen, was um mich herum geschah, und war für einen kurzen Moment jemand anders. Ich fühlte keine Angst oder Unsicherheit. Ich fühlte mich stark und besonders. So, als könnte ich die ganze Welt auf meinen Schultern tragen.

Heute liegen Angst und Freude wieder so nah beieinander, dass es manchmal sehr schwer ist, zwischen diesen Gefühlen zu unterscheiden. Was ist Angst und was ist Freude? Die Gefühle vermischen sich, und in solchen Momenten bin ich sehr unruhig. Mir ist übel, meine Hände sind kalt und schwitzen. Ich drehe mich ständig im Bett herum, bis ich irgendwann endlich die richtige Position gefunden habe. So auch diese Nacht. Irgendwann bin ich vor Erschöpfung doch noch eingeschlafen.

3

Endlich sitzen wir im Flugzeug. Gleich geht es los. Nur noch wenige Flugstunden trennen mich von meinem Lieblingsort. Ich kann meine Aufregung kaum im Zaum halten. Es ist ein Haufen Gefühle, den ich in diesem Moment verarbeiten muss. Ich versuche, sie zu kontrollieren, und lasse mir so wenig wie möglich anmerken. Niemand soll mitbekommen, wie ich mich gerade fühle. Wie unsicher ich bin. Ich versuche, die Emotionen in jedem Augenblick meines Lebens im Griff zu haben, mir nichts anmerken zu lassen und nach außen immer positiv und fröhlich zu wirken. Denn niemand soll sehen, wie es mir wirklich geht. Niemand soll meine Aufregung und Unsicherheit bemerken. Es ist eine Explosion von Gefühlen, vor allem von Ängsten, die ich zu überwinden und zu verstecken versuche. So auch jetzt, in dieser Situation und in diesem Moment.

Ich weiß nicht, ob sich andere Menschen auch so viele Gedanken machen, sich so viele Fragen stellen.

„Habe ich alle notwendigen Dokumente?"

„Ist mein Pass noch gültig?"

„Werden wir schnell ein Taxi bekommen?"

„Ist die Hotelbuchung überhaupt bestätigt worden? Falls nicht, gibt es noch verfügbare Zimmer?"

Die Fragen wirbeln immer wieder durch meinen Kopf, obwohl ich sicher schon eine Antwort habe, und die daher überhaupt kein Sinn machen. Ich bin das schließlich tausendmal durchgegangen und kenne die Antworten! Und trotzdem lösen sie dieses Chaos in mir aus.

Ich habe mich schon oft gefragt, woran das liegt.

„Was mache ich anders als alle anderen Menschen?"

„Warum sind andere in jeder noch so stressigen Situation so gelassen?"

„Bin ich der einzige Freak auf diesem Planeten, der sich so fühlt?"

„Bin ich normal?"

Oder sprechen andere Menschen nur nicht offen über ihre Gefühle und Emotionen? Ist es Scham, was sie davon abhält, offen über unangenehme Gefühle zu sprechen? Oder können sie Emotionen gut verstecken? Ich tue das ja auch. Ich verstecke sie, so gut es geht, und in jeder möglichen Situation.

Aber ich kenne mich nur so und nicht anders. Ich kann mich nicht erinnern, wann ich so geworden bin. War es ein schleichender Prozess? Es könnte auch sein, dass ich immer so gewesen bin. Es war mir bis zu einem gewissen Punkt in meinem Leben nur nicht bewusst. Ich weiß nicht, ob wir so geboren werden. Oder werden wir durch unsere Lebensumstände so?

Ich habe jedenfalls irgendwann verstanden, dass ich so nicht weitermachen möchte und auch nicht kann, und bin auf die Suche gegangen. Ich wollte mich verstehen. Ich wollte verstehen, woher diese ganzen Gefühle und Emotionen kommen, und wie ich es schaffe, dass sie nicht mehr mich kontrollieren, sondern ich die Kontrolle behalte. Über mich und über mein Leben.

Ich bin noch nicht da, wo ich sein sollte, aber ich bin auf einem guten Weg. Auch wenn der Weg lang, anstrengend und sehr holprig ist.

4

Endlich befinden wir uns im Anflug. Ich schaue aus dem Fenster. Es ist mittlerweile dunkel draußen. Ich beobachte die Lichter unter uns. Die Stadt ist wunderschön beleuchtet. Bei diesem Anblick wird mir stets wärmer ums Herz. Es fühlt sich wie nach Hause kommen an, ein unbeschreiblich schönes Gefühl. Ich fühle es viel zu selten. Es ist ein Gefühl von Ruhe, Geborgenheit und Sicherheit. An keinem anderen Ort fühle ich mich so wie hier. Das Leben fühlt sich leicht und wunderschön an! Die schwere Last, die ich sonst mit mir herumtrage, verschwindet beim Anflug.

Nach der Landung wird es noch einmal kritisch werden. Ich bin bei der Einreise in ein anderes Land immer unglaublich ängstlich. Ich weiß nicht, was auf mich zukommen kann, ob es Probleme geben könnte. Schon der Anblick eines Zollbeamten macht mir Angst. Wenn die Beamten sich meinen Pass anschauen und dann den Kopf heben, mir ins Gesicht sehen, gefriert mir stets das Blut in den Adern. Es ist unangenehm und beängstigend. Etwas, was ich noch nie kontrollieren konnte. Es macht mich jedes Mal nervös und unsicher. Aber jetzt genieße ich diesen besonderen Augenblick noch für einen kurzen Moment, lehne meinen Kopf ans Fenster, schaue hinaus und lausche dem Brummen der Flugzeugmotoren.

Die Landung ist sehr angenehm. Sachte berühren die Reifen den Boden. Sofort beginnen die Menschen, aufzustehen. Die Flugbegleiterin muss eingreifen und noch einmal daran erinnern, dass bitte alle sitzen bleiben müssen, bis das Flugzeug die Parkposition erreicht hat.

Ich frage mich jedes Mal: Warum diese Hetze? Haben all diese Menschen es wirklich so eilig? Solange die Türen noch geschlossen sind, wird niemand hier schneller rauskommen als sein Nebenmann. Das Flugzeug muss dafür bekanntlich parken und die Türen öffnen. Also bleibt eigentlich genug Zeit für alle, um die

Sachen aus den Fächern rauszunehmen und rechtzeitig rauszukommen. Niemand wird in dem Flugzeug eingesperrt werden. *,Wir kommen alle hier raus'*, denke ich mir.

Aber wenigstens wurde nicht geklatscht!

Diesen Brauch habe ich noch nie verstanden. Wofür klatschen?

Das Flugzeug erreicht die Parkposition. Jetzt ist es tatsächlich an der Zeit, es zu verlassen. Ich stehe langsam auf und hole unsere Sachen aus dem Gepäckfach. Wie immer wird gedrängelt. Jeder will das Flugzeug als Erster verlassen. Ich bin etwas wackelig auf den Beinen. Vielleicht habe ich zu lange gesessen. Oder es sind Aufregung und Angst. Vielleicht auch beides.

5

Der Flughafen ist riesig, und es dauert eine Weile, bis wir an der Passkontrolle angekommen sind. Es fühlt sich wie eine Ewigkeit an. Seit wir aus dem Flugzeug ausgestiegen sind, möchte ich nur noch raus. Raus an die frische Luft und raus aus den ganzen Kontrollen. Sie erinnern mich an Checkpoints, und das macht mir unheimlich viel Angst. Mein Herz schlägt unnormal schnell und heftig. Ich habe das Gefühl, keine Luft mehr zu bekommen. Mein Mund ist so trocken, dass ich Mühe habe, zu sprechen. Ich hasse es, in diesen Momenten angesprochen zu werden, denn ich kann dann nicht klar denken, bin nur auf meine Angst und Unsicherheit fixiert.
Ich möchte nur noch raus hier, raus an die frische Luft.

Endlich sind wir dran. Ich lege meinen Pass auf die Theke und der Beamte schaut mich an. In diesem Moment hoffe nur noch, dass mir die Panik nicht ins Gesicht geschrieben steht und er nicht denkt, dass ich etwas Illegales mitführe oder böse Absichten habe. Wieder schaut er mir in die Augen und zurück auf meinen Pass. Mein Herz scheint meine Brust zu sprengen. Ich habe das Gefühl, einer Ohnmacht nahe zu sein.

‚*Das wäre wirklich suboptimal*‘, schießt es durch meinen Kopf.

Der Beamte blättert weiter in meinem Pass. Diese Sekunden kommen mir wie Stunden vor.

‚*Was sucht er denn? Er wird in meinem Pass nichts Ungewöhnliches finden*!‘

Als er endlich den Stempel in die Hand nimmt, entgleisen mir vor Erleichterung kurz die Gesichtszüge. Das ist der Moment, in dem ich weiß, dass alles gut ist und dass dieser furchtbare Moment gleich vorbei ist!

Ich weiß, dass ich die Kontrolle gleich hinter mir lassen kann und die Anspannung von mir abfallen wird.

Der Beamte setzt den Stempel in meinen Pass und legt ihn wieder auf die Theke zurück, signalisiert mir, dass ich das Dokument wieder an mich nehmen und weitergehen kann. Ich bedanke mich und verlasse den Kontrollbereich. Endlich kann ich aufatmen, fühle mich frei! Mein Herz beruhigt sich langsam und schlägt wieder einigermaßen normal.

Diese Angst, dass etwas nicht in Ordnung sein könnte, habe ich seltsamerweise immer nur auf mich selbst bezogen. Es fühlt sich an, als ob ich ein Verbrecher wäre und immer Angst hätte, aufzufliegen. Bei meiner Familie bin ich mir sicher, dass alles gut wird, weil alles gut *ist*.

Aber bei mir ist die Angst immer sehr groß. Als hätte ich im Leben jemals etwas Schlimmes getan. Etwas, was diese Angst in irgendeiner Form rechtfertigen würde. Rational gesehen weiß ich das, dennoch kann ich diese Angst nicht einfach kontrollieren.

6

Die Erleichterung ist mir anzusehen, als wir endlich auf dem Weg zum Kofferband sind. Ich fühle mich unglaublich müde und erschöpft. Angst strengt an. Mein ganzer Körper ist angespannt, jeder Muskel fühlt sich wie ein Stein an. Ich weiß, dass dieser Zustand nicht gut ist, weder körperlich noch emotional, doch die Kontrolle darüber zu erhalten, fällt mir wirklich unsagbar schwer.

Kurze Zeit später spüre ich, wie die Anspannung in meinen Schultern etwas nachlässt und die Schmerzen im Nacken spürbar werden. Langsam kriechen sie hoch in den Kopf und machen sich dort deutlich bemerkbar, wie jedes Mal nach so einem Erlebnis. Der Schmerz klopft gleichmäßig gegen die Innenseite meines Kopfes, bis ich am liebsten die Augen schließen würde. Dennoch bin ich sehr froh, dass wir gut angekommen sind. Die Freude sickert nur langsam zwischen den Resten der Angst hindurch. Ich versuche, erst einmal durchzuatmen. Ich weiß, jetzt warten zehn Tage Ruhe, Frieden und Entspannung auf mich.

Ich spreche nicht von der Ruhe, die man normalerweise kennt, wenn man in den Urlaub fährt. Für mich fühlt es sich nach Leben an. Endlich das Gefühl haben, dass ich lebe, dass ich sicher bin.

Endlich fühle ich die Geborgenheit, die ich täglich so sehnlichst vermisse und sonst das ganze Jahr über nicht spüre. Diese Geborgenheit, Freiheit und Liebe, die ich damals als kleines Mädchen fühlte, als meine Heimat noch nicht zerstört war und mein Großvater noch lebte. Als die Zeit noch unbeschwert und friedlich war. Mein Großvater gab mir immer das Gefühl von Geborgenheit und Sicherheit. Wenn ich bei ihm war, war ich mir immer sicher, dass mir nichts passieren kann. Es war ein großartiges Gefühl. Als kleines Mädchen habe ich diese Zeit geliebt, so sehr geliebt. Die Tage und Momente mit meinem Großvater waren unbezahlbar. Er erzählte mir so viele Geschichten über die fremden Länder, die er bereist hatte. Er erzählte das leidenschaftlich und bildhaft, sodass ich es mir richtig gut vorstellen konnte. Ich bin mir sicher, dass ich durch diese Momente das Reisen als meine Leidenschaft entdeckte.

Das Band beginnt sich zu bewegen und ich richte meine Aufmerksamkeit darauf.

Kennst Du das? - Ich habe immer das Gefühl, dass unsere Koffer als letzte ankommen. In der Zwischenzeit versuche ich, meine Schultern zu entspannen, lasse sie kreisen, ziehe sie hoch und lasse sie wieder fallen. Genau wie die Anspannung der letzten Stunden, die mir wortwörtlich im Nacken sitzt.

Das Band beginnt sich zu drehen. Sofort stürmen alle Wartenden darauf zu. Es entsteht ein unangenehmes Gedränge, keiner will seinen Koffer verpassen. Ich frage mich oft, ob die Menschen wissen, dass es ein rundes Band ist und die Koffer nicht im Nirvana verschwinden, wenn sie nicht beim ersten Mal heruntergezogen werden. Es entsteht eine unangenehme Atmosphäre. Alle sind hektisch auf der Suche nach ihren Koffern und drängeln sich vor. Ich stelle mich etwas abseits und beobachte die Koffer und ihre panischen Besitzer. Wir warten erst einmal ab, bis die Menge sich etwas aufgelöst hat, und gehen dann erst zum Band.

7

Alle Koffer sind da. Endlich können wir hier raus. Meine Aufregung steigt, dieses Mal positiv. Die pure Freude! Es ist jedes Mal ein ganz besonderer Moment, wenn ich den Flughafen verlasse, sich die Türen hinter meinem Rücken schließen und frische Luft mich umweht.

Dieser besondere Geruch in meiner Nase. Sommer, Sonne, Meer und Blumen. Ein Duft, den ich jedes Mal unfassbar genieße, vom ersten bis zum letzten Moment. Die Wärme auf meinem Gesicht beruhigt mich.

Für einen kurzen Augenblick schließe ich die Augen und genieße diesen besonderen Moment, gehe ganz in ihm auf. Ich bleibe stehen und schaue um mich um. Ich wünschte, ich würde mich immer so fühlen wie jetzt.

Obwohl es schon spät ist, ist der Flughafen dennoch sehr betriebsam. Es fühlt sich herrlich nach Leben an.

Wir werden vom Hotel abgeholt. Unser Fahrer steht direkt vor dem Ausgang und wartet bereits auf uns.

Wie immer werden wir trotz der späten Stunde herzlich begrüßt, und unser Gepäck wird sorgsam ins Auto gelegt. Das fehlt mir zu Hause so oft: die Herzlichkeit der Menschen um mich herum, das Gefühl, irgendwo willkommen zu sein. Das Gefühl, kein Störfaktor zu sein und sich nicht dauernd entschuldigen zu müssen, nur weil man existiert. Das habe ich hier immer wieder ganz anders erlebt, und das gibt unglaublich viel Kraft. Es gibt mir Mut, selbst fröhlich und ausgeglichen sein zu dürfen. Das ist zu Hause ganz anders. Dort fühlt es sich oft wie ein Verbrechen an, wenn man fröhlich durch die Gegend läuft. Ich frage mich, woran das liegt. Und wie man das ändern könnte, denn das

Leben ist viel zu kurz, um die ganze Zeit mit schlechter Laune durch die Gegend zu laufen!

Unser Fahrer fragt lieb, wie unseren Flug war, und startet das Auto.

„Ich hoffe, ihr seid nicht so müde", sagt er.

„Auf euch wartet ein wunderschönes Hotel, und ihr werdet euch sehr gut erholen können", fügt er hinzu.

Ich reise nicht allein, sondern mit meiner Familie. Das tun wir jedes Jahr, manchmal auch zwei oder drei Mal im Jahr. Es ist nicht nur für mich ein besonderer Ort, sondern auch für meine kleine Familie. Wir fühlen uns hier alle sehr wohl und kommen jedes Jahr gern zurück. Für meine Familie ist es auch deswegen ein besonderer Ort, weil sie spüren, dass es mir hier gut geht. Dass ich den Stress größtenteils loslassen kann und entspannt bin. Das merken sie jedes Mal, wenn wir hier sind, und freuen sich umso mehr, wenn wir wiederkommen.

Die Fahrt ins Hotel dauert etwa fünfundvierzig Minuten. Ich nutze die Zeit, um runterzukommen und meine Gefühle so gut es geht zu verarbeiten und zu sortieren. Die Vorbereitungen und die Anreise waren extrem stressig für mich. Daher genieße ich die Zeit nun und sortiere mich, so gut es geht.

Die Autobahn führt uns direkt durch die Stadt, und ich genieße den Augenblick und die Aussicht. Es ist spannend, sogar spät abends. Das Land zeigt sich von seiner schönsten Seite – zuerst die ländlich gelegene Gegend nahe dem Flughafen, und dann diese großartige Stadt mit ihrer interessanten und beeindruckenden Architektur. Die Lichter der Stadt sind vom Boden aus betrachtet genauso faszinierend wie aus der Luft, vom Flugzeug aus. Ich bin jedes Mal aufs Neue begeistert und entdecke jedes Jahr etwas Neues während der Fahrt.

Die schwere Last, die ich sonst das ganze Jahr mit mir herumtrage, fällt hier langsam von mir ab. Die Ängste, Unsicherheit, Zweifel, Unruhe,

Selbstkritik und ja, teilweise Selbstbestrafung lassen langsam etwas nach. Sie sind immer da, sind meine ständigen Begleiter. Nur an diesem Ort kann ich die Gefühle für eine gewisse Zeit loswerden, sie ausblenden.

Hier kann ich mich gehenlassen und erlaube mir das Gefühl wertvoll zu sein. Dass ich es wert bin, hier zu sein, mich gut und frei zu fühlen. Ich darf das. Ich darf, für einen kurzen Moment, für wenige Tage, glücklich sein. Es ist weit weg von allem, was mich an meine Vergangenheit erinnert. Und das tut meiner Seele unglaublich gut.

Denn es ist oft ein anstrengendes Leben, das ich führe. Es ist nicht einfach, diese ganze Last der Vergangenheit mit sich herumzutragen und dennoch ein normales Leben zu führen. Eine Vergangenheit, für die ich nichts kann. Eine Vergangenheit, die ich mir selbst nicht ausgesucht habe, sondern die mir als kleines Mädchen von anderen aufgebürdet wurde. Es ist nicht einfach, für alle anderen da zu sein, den Job herausragend zu erledigen und immer gut gelaunt zu sein, um niemandem das Gefühl zu geben, dass etwas in mir nicht stimmen könnte. Und das alles trotz der Last, die ich mit mir herumtrage.

Und weil in dem ganzen Wahnsinn kaum Zeit für mich übrigbleibt, gibt es auch kaum Raum, um diese Gefühle zu ordnen und zu verarbeiten. Und schon gar nicht, um genau zu überlegen, wo das Ganze herkommt und warum ich diejenige bin, die einfach keine Ruhe findet.

8

Wir nähern uns dem wunderschönen Hotel, das wir seit vielen Jahren sehr gern besuchen. Es liegt etwas außerhalb der Stadt und bietet somit viel Ruhe, einen traumhaften Strand und einen unvergesslichen Blick auf das Meer auf der einen Seite und die Stadt auf der anderen. Ich bin sehr aufgeregt und möchte endlich ankommen!

Die Begrüßung der Mitarbeiter am Eingang ist genauso warm und herzlich wie des Fahrers am Flughafen, und das trotz der späten Stunde. Ich bin jedes Mal aufs Neue von der Freundlichkeit der Menschen hier begeistert. Das erste Durchschreiten der Tür ist magisch. Der unverwechselbare, besondere und inzwischen vertraute Duft des Hotels kommt mir entgegen. Ich schließe für einen kurzen Moment meine Augen, um den Duft auf mich wirken zu lassen, mich ganz von ihm durchdringen zu lassen. Dieser Duft ändert sich nie. Es riecht immer noch genauso wie vor Jahren, als wir zum ersten Mal hier waren. Blumig und süß, aber auf keinen Fall aufdringlich.

„Willkommen zurück", sagt der Rezeptionist in einem freundlichen Ton und mit einem leichten Lächeln auf den Lippen. Ich fühle mich direkt willkommen.

„Danke", antworte ich und lächle zurück. Die Müdigkeit ist mir bestimmt vom Gesicht abzulesen.

„Die Zimmer sind schon vorbereitet. Sie sind sicher sehr müde von der Reise." Der Mitarbeiter überprüft noch schnell die Dokumente. Alles andere ist bereits vorbereitet. *Einfach mal mitgedacht'*, denke ich und seufze erleichtert. Alles ist schon fertig, damit wir nicht so lange an der Rezeption warten müssen.

„Ich werde Ihnen noch schnell zeigen, wo das Zimmer ist. Alles andere können wir morgen besprechen. Und wenn Sie noch Fragen haben, dann kommen Sie gern morgen auf uns zu. Sie kennen das Hotel ja bereits sehr gut."

Der Aufzug fährt bis in die fünfte Etage. Aus dem gläsernen Aufzug hat man einen großartigen Blick auf die Rezeption und die beeindruckende Empfangshalle. Alles ist mit feinstem Marmor belegt, und die Möbel sind sehr schlicht und elegant.

Ich bin sehr dankbar, dass alles so schnell und unkompliziert gehandhabt wird. Wir sind wirklich sehr müde und möchten nur noch ins Bett.

Das Zimmer ist wie erwartet wunderschön, groß, sauber und elegant eingerichtet. Jedes noch so kleine Detail ist aufeinander abgestimmt. Das Zimmer hat zwei große Betten, damit auch genug Platz für die Familie da ist und wir alle gut schlafen können. Jeder, der Kinder hat, wird verstehen, was ich meine. Auf der anderen Seite steht eine Couch mit einem kleinen Tisch sowie ein edler Schreibtisch. Dank der großen Fenster hat man aus jedem Winkel des Zimmers einen großartigen Blick auf den Strand und das Meer, egal, ob man im Bett liegt oder auf der Couch sitzt. Das Bad ist groß und mit feinstem Material verarbeitet. Eine richtige Wohlfühloase. Genau so, wie es in einem erholsamen Urlaub sein sollte. Der einzige Nachteil ist die Klimaanlage, die gefühlt auf minus zehn eingestellt worden ist und das Zimmer somit sehr kalt werden lässt.

Ich gehe in Richtung Terrasse, denn auf den Ausblick freue ich mich am meisten. Er ist definitiv einzigartig. Als ich die Tür öffne, kommt mir die warme Luft entgegen. Auch wenn ich müde bin und am liebsten sofort ins Bett fallen würde, kann ich es einfach nicht lassen. Ich muss mich kurz rausstellen und diesen fantastischen Ausblick genießen.
Angenehme Wärme umgibt mich. Ich lehne mich an das Geländer, atme tief durch und schaue in die Ferne. Es ist spät in der Nacht, aber viele Lichter leuchten noch. In der Dunkelheit rauscht das Meer. Sanft schlagen

die Wellen auf den Strand, im immer gleichen Rhythmus.

Die Anlage des Hotels ist wunderschön gestaltet. Es gibt eine große Pool-Landschaft und viele Palmen. Ich liebe Palmen. Sie haben etwas Anziehendes und Exotisches an sich. Wahrscheinlich, weil wir sie zu Hause nicht haben und sie für mich immer ein Symbol von Wärme, Sonne, Meer und Erholung sind.

In der Ferne sind andere Hotels zu sehen. Auf dem Wasser schaukeln ein paar Boote im Mondlicht. Ich fühle mich ungewöhnlich gut, und das liegt definitiv an diesem magischen Ort.

9

Ein kleiner Lichtstrahl aus einer Ecke des Fensters weckt mich. Ich mache die Augen auf und lächle.

‚Wie gut sich das anfühlt, wieder hier zu sein.‘
Ein warmes Gefühl zieht durch meinen ganzen Körper.

Vorsichtig drücke ich mich hoch und setze mich im Bett auf. Was für ein wunderschönes Gefühl, so aufwachen zu dürfen! Ich platze fast vor Dankbarkeit.

Hier ist der einzige Ort auf dieser Erde, an dem ich mich so gelassen und ruhig fühle. So lebendig. Und das nicht nur für einen kurzen Moment, sondern eine ganze Weile. Viele Stunden und Tage sind erfühlt von Gelassenheit und Ruhe. Das gelingt mir leider nicht immer, und schon gar nicht überall. Viele Gedanken prägen meinen Alltag, viele Sorgen und Ängste und ein extremes Erschöpfungsgefühl.

Dennoch mache ich jeden Tag weiter. Ich höre selten auf die Signale meines Körpers. Ich ignoriere sie schlichtweg tagtäglich und rede mir jeden Tag selbst ein, dass ich stark genug bin. Schwäche zeigen ist nicht so meins. Das war es noch nie und das wird es wahrscheinlich nie sein. Ich habe noch nicht ganz herausgefunden, woran das liegt. Vielleicht an der Tatsache, dass ich mein Leben lang immer für alles kämpfen musste. Ich habe nie etwas „einfach so" bekommen. Ich musste für alles sehr hart arbeiten. Ob es die Schule war, der Job, die Beförderung oder das Studium. Das Leben war nicht immer nett zu mir, und das hat mich in gewissem Maße abgehärtet.

Aber rechtfertigt das die Tatsache, dass ich mich fast täglich bis zur äußersten Erschöpfung treibe? Dass ich mir selbst tagtäglich so viel abverlange? Ich bin mein allergrößter Kritiker. Ich lasse mir selbst nichts durchgehen. Jeder Gedanke und jede Tat sind wohl überlegt. Ich verzeihe mir selbst nie einen einzigen Fehler. Als hätte ich es nicht verdient, glücklich zu sein. Als müsste ich für irgendetwas im Leben büßen. Das Ganze treibt mich täglich in den

Wahnsinn, und dennoch empfinde ich es als das Normalste der Welt.

„Guten Morgen", höre ich eine geliebte Stimme von der Seite.

Der Tag kann jetzt beginnen.

10

Als sich die große Tür zum Außengelände öffnet, hüllt mich die warme Luft wie eine Umarmung ein, vertraut und geborgen. An diesem Ort fühlt sich alles vertraut an, als ob ich mein ganzes Leben hier verbracht hätte. Es ist ein Gefühl der Zugehörigkeit, wie eine Heimat, die ich die meiste Zeit meines Lebens nicht hatte, und die ich so verzweifelt suche und brauche. Die Luft, die Gerüche, die Sonne, das Meer und die angenehme Wärme fühlen sich nach Heimat an, als würde ich sie aus meiner Kindheit wiedererkennen. Ein magischer Ort, der mir einen magischen Frieden schenkt.

Ja, in meiner Heimat ist es im Sommer auch schön und angenehm warm, aber ich lebe schon seit vielen Jahren nicht mehr dort. Als junges Mädchen habe ich meine Heimat verlassen und ein neues Leben anfangen müssen. Weit weg von allem, was ich bis dahin kannte. Weit weg von meinem geliebten Zuhause und den wunderschönen Momenten, die ich als kleines Mädchen erfahren durfte. Weit weg von der unbeschwerten Kindheit, die ein Ende fand, als ich neun Jahre alt war. Was bleibt, sind die Erinnerungen an damals, an all die schönen Momente, aber auch an die Flucht.

Plötzlich mussten wir wegfahren, um uns in Sicherheit zu bringen, mussten ein neues Leben anfangen. Ich kann mich noch immer gut an diesen Moment erinnern, als wäre es erst gestern gewesen: Unsere Familie war da, um uns zu verabschieden. Alle haben geweint. Es war eine Reise in die Ungewissheit. Ungewiss war, ob wir unser endgültiges Ziel überhaupt lebend erreichen würden, und noch ungewisser war die Zukunft. Würden wir uns jemals wiedersehen? Würde ich jemals wieder nach Hause zurückkehren können? Und wie würde dieses Zuhause bei einer Rückkehr aussehen? Würde das Haus so sein, wie wir es verlassen hatten? Und würden die geliebten Menschen immer noch da sein?

Ich war noch ein kleines Mädchen, aber ich wusste damals schon, wie ernst die Situation war, und dass eine große Veränderung in meinem Leben anstand. Und ich wusste damals schon, dass es die gefährlichste Reise meines Lebens sein würde. Es ist einer der prägendsten Momente in meinem Leben gewesen.

Ein wunderschöner Weg führt uns zum Pool und zum Strand. Es ist ein breiter Weg, umgeben von wunderschönen Palmen links und rechts und prachtvollen bunten Blüten. Der Weg ist aus feinem Marmor gefertigt, und wenn die Sonne scheint, glitzert er auf besondere Art und Weise. Es ist ein magischer Weg, wie ein Weg in eine andere Welt. In der Mitte des Geländes befindet sich eine beindruckende und auch aus edelstem Marmor gefertigte Fontaine. Das Wasser läuft gluckernd über den kühlen Stein. Das Geräusch von Wasser wirkt immer beruhigend auf mich. Wasser ist ein vertrautes Element in meinem Leben. Es hat eine magische Wirkung auf mich.

Der Pool ist sehr groß und es sind schon viele Kinder im Becken. Ihr Lachen erfüllt alles mit Leben. Es schafft ein Bild der perfekten Kindheit. So unbeschwert und voller Freude, wie sie für ein Kind sein sollte.

Der Weg zum Strand ist beeindruckend und wird von Palmen und Frangipani-Bäumen gesäumt, die das Anwesen in einem prachtvollen Blütenrausch erstrahlen lassen.

Wie können Blumen bitte so perfekt sein? Diese Perfektion kann nur die Natur erschaffen. Jede einzelne Blume leuchtet intensiv und ist absolut makellos. Perfekt in jeglicher Sinnsicht – sowohl die Farbe als auch die Form. Jede einzelne Blüte ist wunderschön, und zusammen geben sie ein atemberaubendes Bild ab. Ich betrachte die Blüten in Ruhe und genieße den Augenblick, doch dann wird meine Aufmerksamkeit vom Rauschen des Meeres abgelenkt, das mich magisch zum Strand zieht. Das Meer! Wie habe ich es vermisst! Der erste Schritt auf dem Strand fühlt sich angenehm warm an, als meine bloßen Füße im Sand einsinken. Es fühlt sich nach Freiheit an. So pur und still. Ohne jegliche Erwartung und Wertung.

Das Meer begrüßt mich mit wunderschönen Farben, es leuchtet türkis und grün. Das Wasser ist kristallklar und unbeschreiblich schön. Je näher ich komme, desto schneller schlägt mein Herz. Ich und Wasser - das ist so ein Ding. Wasser hat so eine große Wirkung auf mich. Es beruhigt mich immer, egal, wie gestresst ich bin. Es gibt mir immer ein Gefühl der Endlosigkeit und Freiheit. Wenn ich mir das Meer anschaue, realisiere ich immer wieder, wie winzig wir Menschen sind und wie gewaltig die Natur ist. Und wie klein all unsere Probleme sind, auch wenn sie manchmal so groß und nicht lösbar erscheinen.

Der erste Gang ins Wasser ist magisch. Es leuchtet überirdisch schön und hat die perfekte Temperatur, nicht zu warm und nicht zu kalt. Kleine Muschelscherben liegen überall auf dem Meeresboden verstreut und bewegen sich sanft im Rhythmus der Wellen. Viele kleine Fische flitzen herum. Sie sehen so friedlich aus, im Reinen mit sich und ihrer Welt. Sie haben auch allen Grund glücklich zu sein, schließlich leben sie im Paradies. Erneut muss ich für einen kurzen Moment die Augen schließen, um den Moment für die Ewigkeit abzuspeichern.

11

Wasser löst bei mir unterschiedliche Emotionen aus. Ich empfinde unendliche Dankbarkeit, Liebe, Erfüllung, Vollkommenheit und Glück, wenn ich auf das Meer schaue. Es bringt mich aber auch jedes Mal zum Nachdenken. Über das Leben, die Vergangenheit, die Zukunft und über meine Kindheit. Einzig am Wasser habe ich das Gefühl, mein Leben einigermaßen sortieren zu können, wenn auch nur für einen kurzen Augenblick. Am Meer empfinde ich Vollkommenheit und Freiheit. Ich habe das Gefühl, für einen Moment alles loslassen zu können, schmerzfrei zu sein. Ich kann durchatmen, und es fühlt sich so an, als würde sich der Druck, der dauernd auf meiner Brust lastet, lösen. Ich kann wieder lächeln, fühle mich sicher und frei.

Der Tag verging wieder viel zu schnell. So ist es immer mit den freien Tagen: Sie vergehen blitzschnell, und wenn ich zurückschaue, frage ich mich oft, wo die Zeit geblieben ist. Aber nicht nur die Tage, auch die Monate und Jahre vergehen so wahnsinnig schnell. Es ist immer wieder erschreckend festzustellen, wie schnell ein Jahr vorbeirauscht. Gerade haben wir Silvester gefeiert, und kurz darauf ist es schon April, dann Sommer, Herbst, Winter, und das Jahr ist wieder rum. Zeit ist so kostbar. Das Wertvollste auf der Welt, was wir für kein Geld der Welt kaufen können. Egal, wie arm oder reich jemand ist. Zeit ist ein Wertgegenstand, der uns allen gleichermaßen gehört. Und das macht uns alle gleich.

Ich bin fast 40 Jahre alt und schaue auf ein bewegtes Leben zurück. Ein Leben, das definitiv seine Spuren hinterlassen hat. Es war ein bewegendes Leben mit viel Schmerz und Leid. Und mit sehr viel Angst. Ein Leben, das kein Mensch und vor allem kein Kind in dem Maß erleben darf. Denn es zerstört uns. Es nimmt uns unsere Kindheit, unsere Träume, unsere Familie und unser Zuhause weg. Es macht uns traurig, ängstlich, unsicher und wütend zugleich. Ein Krieg! Viele Jahre lebte ich als kleines Mädchen im Krieg. In einem sinnlosen Krieg, der viele Menschen das Leben gekostet und uns Kinder unserer Kindheit beraubt hat. Die Jahre, die für ein Kind die schönsten sein sollten, habe ich in einem Schutzkeller verbracht. Einem muffigen Schutzkeller, in dem wir uns über viele Jahre versteckt haben. Schlafen im eigenen Haus und im eigenen Bett war viel zu gefährlich. Denn es wurde rund um die Uhr geschossen. Egal, ob Tag oder Nacht. Vor den Granaten und Scharfschützen war niemand sicher. Nicht mal wir Kinder, denn es wurde auf alles geschossen, was sich bewegte.

Ob das der Grund ist, aus dem ich oft versuche, die Zeit anzuhalten, um den Moment bewusst zu genießen? Jedes noch so kostbare, kleine Detail möchte ich in vollen Zügen aufsaugen, denn so viele schöne Momente gab es nicht in meinem Leben.

Heute renne ich der Zeit gefühlt immer hinterher, aber ich kann sie nicht mehr einholen. Oft lasse ich die schönen Momente auch nicht zu, aus Angst verletzt oder enttäuscht zu werden. Das passiert, wenn man früh lernt, zu überleben, wenn man früh erkennt, dass das Leben eines Menschen für andere nicht viel Wert hat, und dass das Leben so unfair sein kann.

Für gewöhnlich versuche ich, alles in meinem Leben im Blick zu behalten, damit ich rechtzeitig abspringen kann, wenn ich merke, dass es mir wehtun könnte. Es ist eine Art Schutzmechanismus. Es ist nicht so, dass ich mit dem Schmerz nicht leben könnte. Oh, und wie ich das kann. Ich schlucke das alles ohne Worte herunter und ertrage es bis zum Äußersten. Das habe ich sehr oft in meinem Leben erleben müssen. Es hat mich dazu bewegt, diesen Schutzmechanismus immer aktiviert zu halten. Damit ich mich, so gut es geht, schützen kann.

Es ist egal, ob es die Menschen um mich herum sind, oder die Orte, an denen ich mich befinde. Das ist schwer zu sagen. Oft ist es die Kombination von beidem, ein bestimmter Ort und ein bestimmter Mensch, vor denen ich mich in Acht nehme, egal wer und wo es ist.

Das ist an diesem Ort tatsächlich anders. Es ist ein Ort, an dem ich mich unendlich glücklich fühle. So ein Gefühl habe ich nirgendwo anders.

Der heutige Tag ist fast zu Ende. Es tat so gut, wieder aufs Meer schauen zu können. Einfach daliegen und auf das Wasser schauen, zwischendurch eine Runde schwimmen und die klare Meeresluft einatmen.

Die Sonne geht langsam unter. Es ist ein atemberaubender Sonnenuntergang.

Diese Naturspektakel kenne ich nur von diesem Ort. Man kann beobachten, wie die Sonne sich hinter den Horizont zurückzieht. Der Himmel ist rot und stahlt richtig, als würde er brennen.

Langsam wird es kühler und stiller. Die letzten Menschen am Strand packen Ihre Sachen ein. Ich bleibe als Einzige sitzen, um die letzten Sonnenstrahlen zu genießen. Ich liebe diese Stunde der Stille. Es sind kaum Menschen da, nur das Meer, das zuverlässig und ruhig rauschend auf den Strand schlägt, mich beruhigt und mir Sicherheit gibt. Die Welt sieht in diesem Moment so friedlich aus. Alles ist so, wie es sein sollte. Wenn man die Augen schließt, kommen so viele Gedanken hoch. Manche sind wunderschön und beruhigend, andere leider weniger gut. Dennoch gehören sie zu mir und meinem Leben. Sie haben auch ihre Daseinsberechtigung. Es gibt Zeiten im Leben, da sind diese Gedanken erträglich, aber es gibt auch andere Momente, in denen ich das Gefühl habe, dass ich an meinen Gedanken ersticke.

Ich bekomme keine Luft. Am liebsten möchte ich in diesen Momenten niemanden sehen oder hören, möchte mich zurückziehen und meinen Schmerz allein ertragen. Und egal wie unerträglich diese Gedanken sind, ich versuche, dafür dankbar zu sein. Dankbar zu sein für den Schmerz und das Leid, auch wenn sich das seltsam anhört. Aber das bin ich, denn sie haben mich zu dem Menschen gemacht, der ich heute bin.

12

„Hilfe, Hilfe, Hilfe", höre ich jemanden laut rufen!

Ich erschrecke und setze mich schnell aufrecht hin. Für einen kurzen Moment bin ich mir nicht sicher, ob ich das gerade nur geträumt habe, oder ob es tatsächlich real ist. Ich war so vertieft in meine Gedanken und kann nicht sofort zwischen Realität und Traum unterscheiden. Ich schaue mich um, es ist niemand mehr am Strand. Er ist menschenleer. Dann höre ich wieder den Hilferuf! Die Stimme klingt wie die eines Kindes!

Ich stehe schnell auf. Inzwischen ist es dunkel geworden, und die Sicht in die Ferne ist nicht mehr ganz so gut.

Panisch renne ich am Strand hin und her und versuche herauszufinden, wo die Stimme herkommt. Ich schaue immer wieder in alle Richtungen. Am Strand ist kein Kind zu sehen. Mein erster Gedanke ist, dass jemand am Strand Hilfe benötigt. Denn um diese Uhrzeit sollte niemand mehr im Wasser sein. Aber am Strand ist nichts zu sehen.

„Es muss aus dem Wasser kommen", sage ich laut zu mir selbst. Die Dunkelheit erschwert die Sicht und Suche. Plötzlich sehe ich einen Arm am Horizont! Er taucht immer wieder ab und kommt wieder hoch. Ich schaue mich schnell um, ob ich noch jemanden sehe, der mir helfen kann. Ich gerate immer mehr in Panik, je mehr Zeit vergeht. Jede Minute zählt!

‚*Es bleibt keine Zeit, um Hilfe zu holen*', schießt es mir durch den Kopf.

„Ich muss *jetzt* handeln", sage ich laut zu mir selbst. Sonst ist es zu spät!

Panisch renne ich ins Wasser und versuche, so schnell wie ich kann, zu schwimmen. Mein Herz rast und ich bekomme kaum noch Luft. Das erschwert das Schwimmen enorm, aber ich gebe nicht auf! Ich versuche, so lange ich Boden unter meinen Füßen spüre, auch immer wieder im Wasser zu rennen.

Es ist nicht einfach, die Orientierung zu behalten, weil der Arm immer wieder abtaucht.

Und es ist ziemlich weit draußen! Ich erkenne aber ganz klar, dass es eine Kinderstimme ist, die nach Hilfe ruft. Je mehr Zeit vergeht, desto schwacher wird die Stimme, und der Hilferuf immer seltener.

,Die Kraft dieses kleinen Menschen lässt bestimmt nach.' Auch ich habe schon extrem zu kämpfen, und auch meine Kraft lässt immer mehr nach.

,Ich muss mich beeilen, ich muss mich beeilen', sage ich mir immer wieder.

Das Kind hält bestimmt nicht mehr lange durch, und ich will dieses Leben nicht auf dem Gewissen haben. Ich kann das nicht verantworten. Ich muss das Kind retten!

13

Ich erreiche die Stelle, an der ich glaube, das Kind gesehen zu haben. Ich blicke mich panisch um, kann das Kind aber nicht mehr sehen! Ich schwimme wild hin und her in der Hoffnung, die Stimme wieder irgendwo zu hören! Die Stille auf dem Wasser, das Schweigen der Kinderstimme, ist kaum zu ertragen.

Ich hole einmal tief Luft und tauche ab. Es ist sehr dunkel und ich sehe kaum etwas unter Wasser. Es wird immer kühler, je tiefer ich tauche. Immer wieder hole ich Luft und tauche erneut, so tief ich kann. Ich war noch nie gut im Tauchen und hatte immer großen Respekt davor, aber das spielt in diesem Moment keine Rolle.

Ich tauche immer wieder ab. Mit jeder Sekunde, die vergeht, wächst meine Angst. Meine Kraft lässt auch langsam nach und ich merke, dass es immer schwieriger wird, abzutauchen. Aber auch, mich über Wasser zu halten und Luft zu holen, wird anstrengender. Ich kann kaum noch tief einatmen.

Plötzlich wird mir schwindelig, und ich sehe Bilder an mir vorbeirauschen. Bilder aus meiner Kindheit, Bilder meiner Jugend. Meine Familie, meinen geliebten Großvater. Bilder meiner Heimat. Meine Kraft lässt nach, und dieser Moment fühlt sich immer mehr wie ein Traum an. Ich versuche trotzdem, weiter zu atmen und mich über Wasser zu halten.

‚Das wird es jetzt doch wohl nicht gewesen sein‘, denke ich. Der Gedanke zieht immer wiederkehrend durch meinen Kopf.

‚Das wird nicht das Letzte sein, was ich auf dieser Erde vollbracht habe, nachdem ich schon so viel im Leben durchgemacht habe! Ich werde jetzt ganz bestimmt nicht aufgeben!‘

Ich versuche, wieder einen klaren Kopf zu bekommen und mich an diesem Gedanken festzuhalten, als mich plötzlich etwas von hinten am Rücken berührt!

Ich drehe mich in der Hoffnung um, dass es das Kind ist, aber es ist leider nur die Begrenzung, die das Hotel immer ins Wasser hängt, um den Badebereich abzugrenzen.

Ich halte mich an einem der roten Bälle fest und fühle mich wieder sicherer. Nach ein paar Sekunden atme ich nochmal tief durch und tauche erneut ab. Plötzlich spüre ich eine unglaubliche Kraft in mir und bin mir sicher, dass jetzt alles gut wird! Und tatsächlich: Jetzt sehe ich das Kind. Es versucht, sich ebenfalls an der Begrenzungsleine festzuhalten, die mit roten, schwimmenden Bällen an der Wasseroberfläche gehalten wird. Es taucht immer wieder ab und versucht krampfhaft, einen der Bälle zu fassen zu kriegen, um nicht von den Wellen mitgerissen zu werden.

14

Endlich erreiche ich das Kind und sehe ein kleines blondes Mädchen, das offensichtlich keine Kraft mehr zum Schreien hat. Es reicht nur noch für den Versuch, sich festzuhalten.

„Geht es dir gut?", frage ich ganz leise. Ich bin vor Erschöpfung und Aufregung kaum in der Lage, zu sprechen. Mein Adrenalin ist auf dem Höchststand.

Sie nickt leicht und ist sichtlich froh, dass sie endlich gefunden wurde! Sie atmet sehr schwer.

„Ich muss kurz durchatmen, und dann schwimmen wir gemeinsam zurück", sage ich zu ihr, obwohl ich nicht einmal sicher bin, ob sie mich versteht.

„Kannst du schwimmen?", frage ich sie behutsam.

Sie sagt wieder nichts und nickt nur ganz leicht. Mit großen, angsterfüllten Augen schaut sie mich an.

„Du kannst dich jetzt an meinem Nacken festhalten, und ich schwimme zum Strand zurück. Ist das in Ordnung? Kannst du dich bei mir festhalten?"

Wieder nickt sie.

Ich gebe ihr mit meiner Hand ein Zeichen, dass sie sich an mir festhalten soll, zeigte auf meinen Nacken, um sicherzustellen, dass nichts schief geht und sie weiß, was sie tun soll.

Ich bin eine sehr gute Schwimmerin, aber mit jemandem auf dem Rücken ist das nicht einfach. Vor allem, wenn man kraftlos und aufgebracht ist. Und in der Dunkelheit. Es ist unglaublich, wie schnell die Kraft im Wasser nachlässt. Es kommt mir vor, als wäre ich bereits stundenlang im Wasser. Dabei können es nicht mehr als ein paar Minuten gewesen sein.

Das Mädchen schafft es, sich von der Absperrung loszureißen, und legt ihre Arme um meinen Hals.

Ich atme noch einmal durch, dann lasse ich die rote Kugel ebenfalls los und versuche, zu schwimmen.

Nur mit viel Mühe halte ich mich über Wasser, aber aufzugeben kommt nicht infrage! Ich versuche, ruhig zu atmen und meine Arme immer weiter zu bewegen. Ich spüre einen stechenden Schmerz in der Brust, und meine Arme tun unglaublich weh.

‚Es sind nur noch paar Meter, dann kann ich stehen‘, versuche ich, mir selbst Mut zu machen.

Auf meinen Rücken ist es still. Von dem Mädchen kommt kein Ton, aber ich weiß, dass sie noch da ist, spüre ihre kleinen Hände um meinen Hals, wie sie sich mit letzter Kraft festhält, während ich uns mit letzter Kraft zurück an Land bringe.

15

Endlich kann ich stehen. Ich stelle mich hin und nehme das Mädchen auf den Arm. Zum ersten Mal kann ich sie ansehen. Das nasse Haar klebt an ihrem Kopf und rahmt ein kleines Gesicht ein, das vor Erschöpfung ganz grau geworden ist.

Ich versuche, das letzte Stück bis zum Strand zu laufen. Es ist anstrengend, durch die Wellen zu waten, und ich habe keine Kraft mehr. Aber hier soll es jetzt nicht scheitern. In meinem Gehirn hämmert hartnäckig die Gewissheit, dass alles gut wird. Also gehe ich tapfer weiter, Schritt für Schritt in Sicherheit.

Als ich den Strand endlich erreiche, setze ich das kleine Mädchen ab und renne schnell, um ein Handtuch zu holen. Sie zittert wie Espenlaub und ihre Zähne klappern. Ob vor Angst oder Kälte, kann ich nicht sagen, denn eigentlich ist es sehr warm. Das Wasser ist zu dieser Jahreszeit auch abends angenehm warm. Ich zitterte ebenfalls, aber bei mir ist es vor Erschöpfung und Aufregung.

Ich lege das Handtuch um sie und wickele sie darin ein, damit sie sich etwas aufwärmen kann.

„Geht es dir gut?", frage ich.

Sie nickt nur und sagt kein Wort.

„Was machst du hier allein um diese Uhrzeit? Wo sind deine Eltern? Sucht dich irgendjemand? Wie ist das gerade passiert? Bist du von den Wellen mitgerissen worden?"

Ich stelle viele Fragen und gebe ihr kaum Raum zu antworten. Ich merke immer mehr, wie schnell mein Herz schlägt und wie aufgebracht ich bin. Ich zittere am ganzen Körper und kann mich kaum noch auf den Beinen halten.

Also setze ich mich neben dem Mädchen auf den Sand und umarme es, in der Hoffnung, es so ein wenig trösten zu können. Sie schweigt immer noch und sagte kein Wort, starrt nur auf den Boden und zittert.

‚*Sie muss große Angst gehabt haben*‛, denke ich, ‚*so ganz allein.*‛

Da draußen auf dem Meer ist es sehr dunkel, nur die Lichter des Hotels beleuchten einen Teil des Strandes. In einiger Entfernung sind noch andere Hotels zu erkennen, aber die Dunkelheit auf dem Wasser muss sie sehr erschreckt haben. „Beruhige dich ein wenig, und dann suchen wir deine Eltern", sage ich ganz leise, um Ihr das Gefühl zu geben, dass sie jetzt in Sicherheit ist.

16

„Was hast du ganz allein hier draußen gemacht?", frage ich noch einmal behutsam, um sie nicht noch mehr zu erschrecken.

Das Mädchen zieht nur ihre Schultern hoch. Ob sie mir damit sagen möchte, dass sie das nicht weiß?

„Wie heißt du denn?"

Sie schaut nur auf den Boden und antwortet nicht.

„Aber du kannst mich schon verstehen?", frage ich.

Sie nickte nur leicht und sagt kein Wort.

,Das muss ein großer Schreck gewesen sein', denke ich, und streiche ihr über den Rücken.

Ich atme tief durch, um mich zu beruhigen, und schaue sie etwas genauer an. Ein kleines verängstigtes, ja regelrecht verstörtes Mädchen. Sie hat blonde Haare und große blaue Augen. Ich schätze sie auf neun oder zehn Jahre ein, aber vielleicht täusche ich mich auch.

„Du hast mir einen ganz schönen Schrecken eingejagt", sage ich. „Ich habe wirklich gedacht, ich hätte dich im Meer verloren. Ich war so erleichtert, als ich dich an der Absperrung sah! Ich bin so froh, dass es dir gut geht und dass wir jetzt in Sicherheit sind."

Die Angst ist ihr im Gesicht anzusehen. Sie weint komischerweise nicht. Viele Kinder weinen in solchen Situationen, aber sie nicht. Sie starrt nur vor sich, fast wie in einem Schockzustand.

„Das kann uns allen mal passieren", sage ich, in der Hoffnung, dass ich sie etwas aufmuntern und ihr die Angst nehmen kann.

„Das ist mir auch schonmal passiert. Ich war zwar noch etwas kleiner als du jetzt, aber ich bin auch schon mal kurz unter Wasser gewesen. Allerdings war das am Tag, und zu diesem Zeitpunkt waren sehr viele Menschen am Strand, die mich schnell retten konnten."

Sie schaut mich fragend an.

„Das ist wirklich passiert. Das sage ich dir nicht nur einfach so. So etwas würde ich mir niemals ausdenken."

„War das auch hier am Strand?"

Zum ersten Mal höre ich ihre weiche Stimme. Sie spricht sehr leise, und ihre Stimme zittert. Ich lächle und bin sehr erleichtert, dass es dem Mädchen gut geht.

„Nein, das war nicht hier", antworte ich. „Das war sehr, sehr weit weg von hier, in meiner Heimat. An dem Ort, an dem ich aufgewachsen bin, gibt es einen wunderschönen See. Und dort in dem See ist es passiert."

„Wo ist das? Wo ist deine Heimat?", fragt sie ganz leise.

17

„Meine Heimat", seufze ich. „Das ist eine sehr lange Geschichte. Deine Eltern suchen dich bestimmt. Wollen wir sie suchen gehen?"

Ich versuche damit, das Thema Heimat zu umgehen. Nicht, weil ich nicht gern darüber spreche. Doch, das tue ich. Nur verbinde ich offensichtlich auch einige schmerzhafte Momente mit dem Thema. Und je nachdem, mit wem man sich unterhält, könnten auch die schmerzhaften Momente zur Sprache kommen. Das vermeide ich, so gut es geht. Mit diesen Erinnerungen versuche ich allein fertig zu werden.

„Meine Mama hat gesagt, dass sie mich gleich hier abholt. Sie hatte mir verboten, ins Wasser zu gehen. Ich wollte nur kurz Muscheln sammeln und bin dann von den Wellen mitgerissen worden. Ich bin wohl doch zu tief ins Wasser gelaufen. Das wollte ich wirklich nicht."

„Das glaube ich dir, dass du das nicht wolltest. Deine Mama wusste sicherlich, wie gefährlich das sein kann, und hat es dir deswegen verboten."

Sie schaut mich traurig an. Ich kann an ihrem Gesicht ablesen, dass sie sich Sorgen macht, und dass sie ein schlechtes Gewissen hat.

„War deine Mama sauer, als dir das passiert ist?"

„Nein, das war sie nicht. Und ich bin mir sicher, dass deine Mama auch nicht sauer sein wird. Sie wird sich bestimmt erschrecken, aber sie wird nicht sauer auf dich sein. Sie wird froh sein, dass du da bist und dass nichts Schlimmeres passiert ist. Aber bitte versprich mir, dass du das nächste Mal besser aufpasst. Wenn der Strand nicht beaufsichtigt ist, darfst du nicht ins Wasser gehen. Die Wellen sind hoch, und manchmal geht alles sehr schnell. Zum Glück ist alles gutgegangen."

„Ich hatte so eine Angst. Ich dachte, dass mich niemand hört und dass die Wellen mich weiter weg auf das offene Meer hinaustragen. Wurdest du damals auch von den Wellen mitgenommen?"

„Nein, das nicht. Wie ich schon sagte, in meiner Heimat gibt es einen wunderschönen See. Der ist sehr groß und tief. Wir haben einen Strand direkt hinter unserem Haus, und im Sommer sind da immer sehr viele Menschen, die zum Schwimmen kommen. Ein kleiner Weg zwischen den Häusern führt zum Strand. Nur die Menschen, die das kennen, kommen auch dorthin, denn es gibt keine Schilder, die darauf hinweisen. Aber es ist wunderschön, und im Sommer tut die Abkühlung sehr gut.

Ich bin damals mit meinem Schwimmring im Wasser umgekippt. Mein Kopf war auf einmal unter Wasser und meine Beine in der Luft. Das sah bestimmt lustig aus. Zum Glück waren viele Menschen am Strand, und jemand hat mich sehr schnell aus dem Wasser gezogen."

„Zum Glück, denn sonst hättest du mich heute nicht retten können."

Ich lächle und streichle ihr über den Kopf.

„So ist das Leben. Wir haben alle unsere Bestimmung, und das ist wahr. Meine war es bestimmt, dich heute hier zu retten."

Mittlerweile haben das kleine Mädchen und ich uns etwas beruhigt.

18

Wenn sie nur wüsste, was diese Worte für eine Bedeutung haben. Wie tief ihre Bedeutung wirklich ist. Würde sie nur die ganze Geschichte kennen. Würde sie nur wissen, dass ich dem Tod so oft nah war und dennoch jetzt und heute hier sitze. Warum?

Meine Gedanken schweifen ab. Das bemerkt auch das kleine Mädchen.

„Woran denkst du?"

„An meine Heimat und meine Kindheit", rutscht es aus mir heraus.

„Denkst du an den See? Ich hoffe, ich habe dich jetzt nicht traurig gemacht", sagt sie ganz leise.

„Nein, überhaupt nicht", antworte ich mit Überzeugung. Auch wenn meine Antwort nicht wirklich der Wahrheit entspricht.

Als Kind war das ein Paradies auf Erden für mich. Im Sommer hatten wir unseren See und den Strand und schwammen und spielten den ganzen Tag. Im Winter war es eiskalt und schneite sehr viel. Der kleine Weg zum Strand wurde im Winter zu einer eisigen Rodelbahn umgebaut. Wir haben teilweise abends heißes Wasser darauf ausgekippt, damit sie am nächsten Tag richtig eisig war und wir noch schneller mit den Schlitten fahren konnten. Viele von uns hatten selbstgebaute Schlitten. Sie waren speziell für diese Bahn konstruiert worden. Entsprechend schnell war man mit ihnen unten. Die Schlitten waren blitzschnell, und wir hatten viel Spaß, haben sehr viel gelacht und zusammen gegrübelt, wie wir die Bahn immer besser bauen könnten, um noch schneller zu werden. Einzig der Weg zurück nach oben hat keinen Spaß gemacht. Es war immer sehr anstrengend, dort wieder hochzukommen.

Wir waren sowohl im Winter als auch im Sommer den ganzen Tag draußen und kamen nur zum Essen rein.

Im Winter waren meine Hände und Füße abends durchgefroren. Ich habe mich dann immer ganz nah an den Ofen gesetzt, um mich aufzuwärmen. Das waren so unbeschwerte und schöne Zeiten! Genau so, wie eine Kindheit eigentlich sein sollte.

„Du siehst traurig aus."

„Ach, das tut mir wirklich sehr leid. Ich habe nur an meine Kindheit gedacht. An die Zeit, in der ich ungefähr so alt war wie du jetzt. Das waren schöne Jahre, an die ich mich sehr gern erinnere."

„Hast du damals viel Spaß gehabt?"

„Ja, das habe ich. Allerdings nur bis zu meinem neunten Geburtstag. Dann änderte sich alles. Ab da war es leider für eine ganze Weile nicht mehr ganz so schön. Aber das ist nichts, worüber wir jetzt sprechen sollten", sage ich und versuche so, von dem Thema abzulenken.

„Bist du deswegen jetzt so traurig?"

„Ja, leider schon. Das hat aber nichts mit dir zu tun. In Ordnung? Dafür kannst du nichts. Das passiert manchmal, wenn ich an alle die Jahre zurückdenke, die nicht so schön waren."

„Das verstehe ich", sagt sie mit trauriger Stimme. „Wenn du möchtest, kannst du es mir trotzdem erzählen. Meine Mama sagt, dass es wichtig ist, über alles zu reden. Dann geht es einem danach viel besser."

„Das ist sehr lieb von dir. Und das ist auch richtig. Aber es ist eine sehr lange Geschichte und nicht unbedingt etwas für kleine Kinder. Und außerdem holt dich deine Mama bestimmt gleich ab. Vielleicht erzähle ich es dir ein anderes Mal."

19

Das Mädchen hat schon recht. Es ist besser, über den Schmerz zu sprechen. Aber ich habe meine Schwierigkeiten damit. Wenn ich allein bin, denke ich über vieles nach, aber mich mit jemandem über meinen Schmerz auszutauschen, fällt mir leider immer noch sehr schwer.

Deswegen tauche ich wieder in meine Gedanken ab und denke an meinen neunten Geburtstag zurück. Das Wetter war wunderschön. Die Sonne schien und ich spielte mit den anderen Kindern draußen. Für mich war das damals die perfekte Welt. Alles war so friedlich. Unser Ort blühte im Frühling herrlich auf. Ich erinnere mich noch, dass ich aufgeregt, aber glücklich war. Das Leben war unbeschwert und wunderschön. Ich hatte meine Familie und Freunde, unser gemütliches Zuhause und einen großen Garten. Alles, was ein Kind für eine glückliche und unbeschwerte Kindheit braucht.

An dem Tag sollte sich alles für immer ändern. An jenem Morgen wusste ich das nur noch nicht. An dem Tag begann der Krieg im ehemaligen Jugoslawien bzw. in unserer Region, denn in anderen Teilen des Landes herrschte er schon eine Weile. Als Kind war mir das nicht bewusst. Erst als ich erwachsen wurde, habe ich wirklich verstanden, was da passiert ist. Und dieses Ereignis änderte nicht nur mein Leben, sondern auch das vieler anderer Menschen. Vor allem änderte es das Leben für viele kleine Kinder.

Ich spielte draußen, als die erste Explosion zu hören war. Der ganze Ort bebte. Wir Kinder haben uns in dem Moment nichts dabei gedacht. Natürlich haben wir uns für einen kurzen Moment erschrocken, aber dann spielten wir wieder weiter. Woher sollten wir auch wissen, dass es so eine böse Welt da draußen gibt. Woher sollten wir wissen, dass Menschen so böse und brutal sein können. Dass aus Nachbarn schnell Feinde werden können. Das konnten wir als Kind nicht wissen, denn das hatte uns bis dahin niemand erzählt. So sind wir nicht erzogen worden. Unsere Kindheit war bis dahin ganz normal und unbeschwert.

„Jetzt siehst du noch trauriger aus. Bist du sicher, dass du mir nichts erzählen möchtest?"

„Du bist ganz schön hartnäckig und sehr schlau für dein Alter. Ich habe nur an den Tag gedacht, als sich mein Leben für immer änderte, ohne dass ich es wusste."

Ich versuche, das Gespräch in eine andere Richtung zu lenken. Es passt mir gerade so gar nicht. Ich möchte eigentlich nicht darüber reden. Und schon gar nicht mit einem fremden Kind. Ich versuche, wie immer, dem auszuweichen. Ich spreche selten über die Geschehnisse. Mit niemanden.

„Was war das für ein Tag?"

Das Mädchen lässt nicht locker, also entscheide ich mich, ein wenig zu erzählen in der Hoffnung, dass sie es schnell langweilig findet und das Thema loslässt.

„Es war wie gesagt mein neunter Geburtstag. Dieser Tag und die Jahre danach haben mein Leben für immer verändert. Das begleitet mich leider schon mein ganzes Leben. Es ist schwer, das Geschehene zu verarbeiten und loszulassen."

„Warum kannst du das nicht loslassen? Es ist doch schon lange her und jetzt ist doch alles in Ordnung, oder?"

‚Wie schön die Gedanken der Kinder sein können', denke ich in diesem Moment. In den Augen der Kinder ist alles so einfach und unkompliziert.

„Das stimmt, aber du bist etwas zu klein, um das verstehen zu können. So einfach ist das nicht. Ich versuche es, aber es holt mich leider immer wieder ein. Denn Dinge, die in unserer Kindheit passieren, lassen sich nicht so schnell vergessen, und sie formen dich. Das heißt, dass du die Ereignisse aus der Kindheit immer in dir trägst und dass sie ganz oft dein Leben beeinflussen, ohne dass du das merkst.

Erwachsene glauben oft, dass die Kindheit keinen Einfluss auf unser späteres Leben hat, darauf, wie sich unsere Werte und Verhaltensmuster entwickeln. Aber das stimmt nicht. Wir tragen diese ganzen Geschichten und Erfahrungen mit uns herum. Manchmal machen sie uns stärker, und manchmal schwächen sie uns."

„So ganz verstehe ich das nicht."

„Na ja, alles, was wir als Kinder erleben, beeinflusst unser späteres Leben. Es hat zum Beispiel Einfluss darauf, wie wir mit Problemen umgehen, wie wir mit Kritik oder mit Stress umgehen. Es hat Einfluss darauf, wieviel Vertrauen wir anderen schenken, wie wir mit Schmerz umgehen und vieles mehr."

„Und wie gehst du damit um?", fragt sie.

„Ganz schön neugierig", sage ich und lächle leicht. Die kleine Dame lässt doch nicht so schnell locker und stellt schon entscheidende Fragen. Ganz schön beeindruckend!

„Ja, wie gehe ich damit um? '

Das ist eine Frage, die ich mir selbst lange nicht beantworten konnte. Ich sah lange Zeit nicht mal die Zusammenhänge zwischen dem, was mir als Kind passiert ist, und meinem jetzigen Leben. Warum sollte es auch Verbindungen geben? Das, was war, ist die Vergangenheit, und die Gegenwart hat nichts mit der Vergangenheit zu tun. Dachte ich.

20

Ich habe mich schon oft gefragt, ob ich normal bin. Ich habe mich oft schlecht gefühlt und konnte mir nicht erklären, warum das so ist. Ich wusste nicht, was genau mit mir los war. Ich habe mich einsam gefühlt, obwohl viele Menschen um mich herum waren. Ich war traurig, obwohl ich gar keinen Grund hatte, traurig zu sein. Ich habe mich schlapp gefühlt, obwohl ich gut geschlafen hatte und kerngesund war. Ich war wütend, obwohl es gar keinen Grund gab, wütend zu sein. Ich habe mich angegriffen gefühlt, obwohl mich niemand angegriffen hat. Ich habe mich für alles verantwortlich gefühlt, obwohl das niemand von mir verlangt hat. Und vor allem war ich ganz oft sehr ängstlich. Ich hatte so viele unterschiedliche Ängste, obwohl es eigentlich keinen Grund gab, Angst zu haben. Es sind verschiedene Ängste, die sich mit der Zeit ausgeprägt haben. Von Ängsten, die in irgendeiner Form gerechtfertigt werden könnten, bis hin zu den Ängsten, die für andere völlig absurd klingen.

Eine dieser absurden Ängste ist die vor Gefängnissen. Ich habe panische Angst vor Gefängnissen. Aber warum? Ich habe mich oft gefragt, was ich in meinem Leben mit Gefängnissen zu tun hatte. In meinem Herzen weiß ich, dass ich ehrlich bin, und dass ich einer dieser Menschen bin, die nicht mal falsch parken würden. Ich stelle immer sicher, dass ich bloß nichts mache, was mich in irgendeine schwierige Situation bringen könnte. Ich möchte nichts tun, was mich in Verbindung mit der Polizei bringen könnte.

Das Gleiche gilt für Grenzübergänge. Ich bin an den Grenzübergängen so nervös, dass ich oft glaube, die werden mich allein schon deswegen anhalten, weil ich so panisch aussehe. Nicht, weil ich irgendetwas Verbotenes mache, denn ich weiß, dass ich das niemals tun würde. Aber dennoch sind diese Ängste jedes Mal da, auch wenn ich versuche, sie zu ignorieren.

Wie oft habe ich mir die Frage gestellt, ob nur ich so bin, oder ob es da draußen noch andere Menschen gibt, die genau das Gleiche empfinden wie ich.

Bin ich normal?

Lange Zeit habe ich mich mit meinen Ängsten gar nicht auseinandergesetzt, ihre Ursache nicht hinterfragt.

Dass diese Ängste aus der Zeit stammen, als ich ein kleines Mädchen war, ist mir erst mit fast vierzig klar geworden. Noch rechtzeitig, um etwas daran ändern zu können, habe ich mir sagen lassen.

„Ich hatte vorhin richtig Angst im Wasser", sagt das Mädchen mit trauriger Stimme. „Ich werde nie wieder schwimmen gehen".

Ich erschrecke mich. Ich war so in Gedanken, dass ich das Mädchen neben mir völlig vergessen habe!

„Das glaube ich dir, dass du Angst hattest. Aber du darfst auf keinen Fall Angst vor dem Wasser haben. Schwimmen ist etwas Schönes, und es bereitet dir bestimmt ganz viel Freude. Nur, weil das jetzt einmal passiert ist, bedeutet das nicht, dass es jedes Mal passiert, wenn du ins Wasser gehst. Es bedeutet nur, dass du beim nächsten Mal etwas vorsichtiger sein solltest, falls du allein am Strand bist. Du wirst im Leben sehr viele schöne Momente verpassen, wenn du deine Angst gewinnen lässt."

„Aber woher weiß ich, dass es nicht noch einmal passiert?"

„Das weißt du nicht. Und die Sicherheit, dass es nicht wieder passiert, wirst du auch nie haben. Aber das, was du heute erlebt hast, wird dich in Zukunft stärker machen. Du hast dich heute ganz allein gerettet. Du bist in so einem jungen Alter schon eine Heldin. Und du kannst dir sicher sein: Du wirst dich zukünftig in jeder Situation retten können. Das sind die Gedanken, die du aus dem heutigen Tag mitnehmen solltest."

21

Nachdem es vorbei war mit meiner schönen und unbeschwerten Kindheit, kam eine Zeit, die unvorstellbar brutal war. Eine Zeit, die für ein kleines Mädchen unzumutbar ist. Eine Zeit voller Angst, Unsicherheit und Sorgen. Zustände, die ein kleines Kind niemals spüren sollte. Jedes Kind muss das Recht auf eine unbeschwerte Kindheit haben. Kein Kind darf in Angst aufwachsen. Kein Kind sollte Hunger leiden müssen.

Keinem Kind sollte die Möglichkeit der Bildung weggenommen werden. Doch all das passierte bei uns. Es passierte mir und sehr vielen anderen unschuldigen Kindern.

Es gab in dieser Zeit keine normale Schule. Es wurden provisorische Klassen eingerichtet, und der Unterricht fand mit viel Mühe und Fantasie statt. Es gab keine Bücher, Stifte oder Papier, keine Tafel und keine Kreide. Alles, was sonst in einem Klassenzimmer vorhanden ist, was man kennt und braucht, um an einem normalen Unterricht teilnehmen zu können oder um eine Klasse unterrichten zu können.

Als der Unterricht noch im Haus gegenüber von unserem stattfand, war der Weg dorthin für uns noch einigermaßen ungefährlich.

Es gab nicht jeden Tag Unterricht. An manchen Tagen wurde so viel geschossen, dass es zu gefährlich war. An solchen Tagen blieben wir den ganzen Tag in den Schutzkellern und hofften, dass es bald aufhört. Manchmal dauerte es Tage, bis wir unseren Schutzkeller verlassen konnten.

Später wurde der Unterricht in den Nachbarort verlegt. Für uns Kinder bedeutete das, dass wir unter erschwerten Bedingungen jeden Tag drei Kilometer zu Fuß gehen mussten. Und das war kein leichter Spaziergang.

Um zur Schule zu kommen, mussten wir mehrere Brücken überqueren und durch zwei dunkle Tunnel gehen. Der Hinweg ging bergab, aber der Rückweg entsprechend bergauf. Für einen Erwachsenen war das noch machbar, aber für kleine Kinder war es eine Zumutung.

Über die Brücken mussten wir kriechen, denn vom Gelände aus konnte man uns deutlich sehen. Wir waren wie auf einem Präsentierteller für den Feind, und der schoss ohne Hemmungen, ungeachtet der Tatsache, dass es sich um Kinder handelte. Es war egal, ob Erwachsene oder Kinder getroffen wurden. Sobald sie eine Bewegung ausmachten, wurde sofort geschossen. Zu kriechen war für uns überlebenswichtig.

Wir lernten dadurch bereits in diesem jungen Alter sehr schnell, in Deckung zu gehen. Wir lernten, auf die Umgebung zu achten und sie einzuschätzen, und nicht einfach unüberlegt loszulaufen. Denn es ging um Leben oder Tod. Dass Kinder in so einem jungen Alter diesen Tatsachen ausgesetzt werden, ist weit entfernt von jeglicher Menschlichkeit.

Es gab noch andere Kinder aus meinem Ort, die auch in die Schule mussten. Also liefen wir immer in einer Gruppe und waren sehr froh, wenn wir heil zu Hause angekommen waren! Ein Zuhause, das nicht mehr das Zuhause war, was ich von früher kannte.

Das neue Zuhause war der Nachbarskeller. Dieser Keller war für viele Monate unser Zuhause . Im eigenen Bett und im eigenen Haus zu schlafen, war viel zu gefährlich. Über viele Jahre gab es nur wenige Tage, an denen wir im Haus geschlafen haben. Das war immer etwas Besonderes, und es war ungewöhnlich und anders als sonst. Denn es bedeutete nicht, dass wir gemütlich in unseren Pyjamas in unseren Betten schlafen konnten. Nein, so war es leider nicht. Wir waren komplett angezogen - sogar mit den Schuhen. Rückblickend ein unvorstellbares Bild. Aber die Angst, schnell Schutz suchen zu müssen, war immer da. Ein Zustand den wir, obwohl er so schrecklich war, nach einer gewissen Zeit als normal empfanden. Wir kannten es irgendwann nicht mehr anders. Das war unser Alltag.

22

„Hast du auch manchmal Angst?", höre ich eine Stimme neben mir.

Schon wieder habe ich das arme Mädchen neben mir völlig vergessen. Ich war wieder viel zu tief in meine Gedanken versunken.

„Ja, das habe ich", antworte ich.

„Wovor hast du denn Angst?"

„Ich habe vor vielen Dingen im Leben Angst, aber ich versuche, sie auszutricksen."

„Wie geht das? Kannst du etwa zaubern?"

Ich muss laut lachen.

„Nein, zaubern kann ich leider nicht, aber ich stelle mich meinen Ängsten und fordere sie aus."

„Das verstehe ich jetzt gar nicht."

„Schau, du bist heute fast ertrunken. Wenn du ab jetzt nie wieder ins Wasser gehst, dann hat deine Angst gewonnen. Aber wenn du deine Angst beiseite schiebst und trotzdem weiter schwimmen gehst, dann hast du deine Angst ausgetrickst. Und irgendwann wirst du nicht mehr an diesen Tag denken. Du wirst wieder ganz normal schwimmen gehen und die Angst wird nach einer gewissen Zeit abklingen."

„Aber ich habe jetzt *richtig* Angst vor dem Wasser. Wie soll ich mich jemals wieder hinein trauen?" Die Stimme des kleinen Mädchens bebt vor Angst.

„Das musst du. Vielleicht gehst du morgen nicht allein ins Wasser, sondern bittest deine Eltern oder Freunde, dass sie mitkommen. Du wirst sehen, dass alles gut wird. Du wirst sehen, dass das, was heute passiert ist, ist nicht nochmal passiert.

Es wird sich sicher erst einmal eine Weile anders anfühlen als bislang. Aber wenn du ein paar Male im Wasser warst, wirst du immer weniger Angst haben. Und irgendwann wird es so sein, dass du ganz genau weißt, dass etwas passieren kann und dass du vorsichtig sein musst, aber du wirst dich ganz normal trauen, ins Wasser zu gehen."

„Das hört sich ganz einfach an."

„Es ist auch ganz einfach. Du muss nur wissen, was deine Ängste sind und woher sie kommen, um sie besiegen zu können."

23

Es hört sich immer ganz einfach an. Man hat Angst und versucht, diese zu besiegen. Aber wir Erwachsenen sind in dieser Hinsicht etwas komplizierter. Manchmal wollen wir nicht zugeben, dass wir Angst haben, und geben uns tapfer. Manchmal wissen wir auch nicht, woher die Angst kommt. Und manchmal wissen wir, welche Ängste wir haben und woher sie kommen, aber nicht, wie wir sie wieder loswerden können.

Viele von uns haben traumatische Situationen in der Kindheit erlebt. Ereignisse, die wir für den Rest unseres Lebens mit uns herumtragen und die ein Teil von uns sind. Es gibt sicher unterschiedliche Arten von Traumata. Manche würden sagen, das Eine ist schlimmer als das Andere, aber das kann ich nicht bestätigen. Denn ganz egal, ob Krieg, Misshandlungen, ein Autounfall, der Verlust eines geliebten Menschen oder eine andere Art der Gewalt -

diese Ereignisse prägen und begleiten ein Kind für immer.

Oft verdrängen wir die Tatsache, dass unsere Ängste, Zweifel und Unsicherheit aus einer Zeit stammen, in der wir am verletzlichsten waren. Und das tun wir nicht, weil wir es wollen, sondern aus der inneren Überzeugung heraus, dass das Erlebte entweder nie passiert, oder auf keinen Fall Einfluss auf unser Leben als Erwachsene haben kann. Weil es ja in der Vergangenheit liegt und man damit abgeschlossen hat. Denkt man.

Nachdem wir viele Monate im Krieg gelebt hatten, kam schließlich der Tag, an dem wir unser Zuhause für immer verließen. Der Tag, an dem wir heimatlos, zu erzwungenen Nomaden wurden. Denn seit dem Tag haben wir nie wieder ein richtiges Zuhause finden können. Wir sind zu Ausländern geworden, und egal, wie viel Mühe wir uns geben, um uns zu integrieren, wir werden immer diesen Status haben. Und das nach fast drei Jahrzehnten.

Natürlich bin ich sehr dankbar, dass wir überhaupt noch am Leben sind. Es war nicht leicht, über Jahre im Krieg zu leben und jeden Tag um das Überleben zu kämpfen. Aber es war noch schwerer, die Heimat und das Zuhause zu verlassen.

Nach dem tränenreichen Abschied von den geliebten Menschen und unserem Zuhause an jenem Tag, traten wir die längste und gefährlichste Reise unseres Lebens an. Als Kind hatte ich nur eine vage Ahnung davon, was diese Reise bedeuten würde. Ich konnte nur ahnen, dass es gefährlich sein könnte. Zum ersten Mal seit vielen Jahren verließen wir den Radius von vier Kilometern um unser Haus herum und fuhren weiter weg, überschritten diese unsichtbare Grenze, innerhalb derer sich unser Leben abgespielt hatte. In diesem kleinen, überschaubaren Radius hatten wir uns viele Jahre bewegt. Mehr war nicht drin, denn wir waren eingekesselt in unserem eigenen Ort.

Die Reise war für uns alle aufregend. Wir waren ängstlich, traurig und traumatisiert. Die Emotionen wechselten sich im Minutentakt ab. Es ist diese Reise, die fünfundzwanzig Jahre später noch spürbar ist. Ein Erlebnis, das mich auch nach so vielen Jahren noch in Traurigkeit versetzen kann wie nichts anderes.

Nachdem wir den ganzen Tag unterwegs waren, durch den Wald, über Schotterstraßen und an mehreren Checkpoints vorbei, kamen wir endlich an die Grenze. Wir brauchten für diesen Weg von etwa 250 Kilometern einen ganzen Tag. Noch heute spüre ich diesen Moment, erinnere mich an das Gefühl, wenn ich über einen Grenzübergang fahre. Jedes Mal läuft ein kalter Schweiß über meinen Rücken, wenn ich daran zurückdenke. Die Angst, die ich in dem Moment gespürt habe, und die Angst, die auf dem Gesicht meiner Mutter deutlich zu sehen war, werde ich nie vergessen.

Eine Frau schmuggelte uns an diesem Tag aus dem Land. Aus meiner Heimat. Der Mann, der an der Grenze die Kontrollen durchführte, war ihr Komplize. Zusammen haben sie viele Menschen aus dem Land schmuggeln können.

Wir alle hatten große Angst. Es hätte auch ganz anders kommen können! Es hätte sein können, dass der Mann, der da sein sollte, aus irgendeinem Grund nicht da war. Dann wären wir heute ganz bestimmt nicht mehr am Leben. Wenn ich heute daran zurückdenke, dann kann ich nicht anders, als zu sagen: Meine Mutter ist die größte Heldin, die ich kenne. So eine gefährliche Reise mit kleinen Kindern kann nur jemand durchstehen, der Superkräfte besitzt. Diesen Mut musst du erstmal haben, dich auf so eine gefährliche Reise zu begeben.

Der Moment, in dem wir angehalten wurden, hat sich in meinem Kopf eingebrannt und wird wahrscheinlich für immer da sein. Der Mann nahm unsere Dokumente und begann, in den Pässen zu blättern. Ich kann nicht genau sagen, wie lange das dauerte, aber mir kam es wie eine Ewigkeit vor. Als würde er nie mit diesem Umblättern aufhören! Immer wieder schaute er in die Dokumente und dann ins Auto. Wir saßen zu dritt auf der Rückbank und schauten ihn verängstigt an. Irgendwann bat er die Frau, den Kofferraum aufzumachen. Sie stieg aus und folgte seiner Anweisung. Im Kofferraum befanden sich nur zwei kleine Tüten mit ein paar Wechselsachen für uns Kinder und meine Mutter. Das waren alle Habseligkeiten, die wir in der Lage gewesen waren, mitzunehmen. Unser ganzes Leben war in zwei kleine Plastiktüten verpackt. Es war alles, was wir zu diesem Zeitpunkt noch besaßen.

Irgendwann gab er uns die Papiere zurück und winkte. Das war das Zeichen, dass wir weiterfahren durften. Erleichterung durchflutete das Auto, ließ jeden von uns aufatmen. Erleichterung, den ersten Teil überlebt zu haben. Die Reise war noch nicht vorbei, aber der gefährlichste Part lag nun hinter uns. Wehmut machte sich bei uns allen breit.

Es tat weh.

Es tat so weh, zu gehen.

War es den Tag über schon ruhig im Auto gewesen, wurde es nun noch stiller. Es fühlte sich an, als hätten wir aufgehört zu atmen.

24

Die Jahre, die wir im Keller verbracht haben, habe ich gar nicht so schlimm in Erinnerung. Wir haben als Kinder Karten gespielt und versucht, uns irgendwie zu beschäftigen. Der Unterschlupf war sehr klein, muffig und dunkel. Wir schliefen in selbstgebauten Schränken, die ursprünglich für das eingelagerte Obst und Gemüse gebaut worden waren.

Die Tatsache, dass wir jahrelang in unserer Straßenkleidung schliefen, hatte noch Jahre später Auswirkungen auf mich. Ich habe noch Jahre später abends immer frische Socken angezogen und bin mit den Socken ins Bett gegangen. Zu groß war die Angst, dass ich es nicht schaffen würde, weg zu kommen, falls etwas passiert. Ich habe diese Szenarien jeden Abend im Kopf durchgespielt.

‚Was mache ich, wenn etwas passiert?'

,Wo stehen meine Schuhe, wo ist meine Jacke und die Tasche mit den wichtigsten Dokumenten?'

Ich weiß, es klingt verrückt, aber für mich war es das Normalste der Welt. Ich musste immer auf das Schlimmste vorbereitet sein.

Natürlich war ich zu dem Zeitpunkt weit weg von meiner Heimat und dem Krieg, aber dieser Gedanke hat mich viele Jahre begleitet. Irgendwann ist diese Angst natürlich verschwunden. Aber das hat viele Jahre gedauert und viel Überwindung und Kraft gekostet.

„Wieso weinst du?", höre ich wieder die Stimme neben mir.

Ich erschrecke mich. Zum dritten Mal habe ich das Mädchen ausgeblendet, während meine Erinnerungen mich übermannt haben.

„Das kann doch nicht sein", sage ich leise zu mir selbst. So langsam wundere ich mich außerdem, dass sie noch nicht gesucht wird, dass noch niemand nach ihr ruft.

„Ach, ich habe an alte Geschichten denken müssen", sage ich ganz leise und wische mir die Tränen ab.

„Was sind das für Geschichten?"

„Ich habe nur an meine Kindheit gedacht, und das hat mich etwas traurig gemacht."

„Was ist denn so Schlimmes in deiner Kindheit passiert?"

„Als ich klein war, um genau zu sein etwa so groß wie du, gab es in meiner Heimat viele böse Menschen. Die haben miteinander gekämpft. Darunter haben sehr viele Menschen leiden müssen. Menschen, die gar nichts damit zu tun hatten. Es waren nicht nur Erwachsene, sondern auch sehr viele Kinder dabei. Ich habe an diese Zeit gedacht, und das hat mich gerade sehr traurig gemacht."

„Musst du oft an diese Zeit denken?"

„Es gab Zeiten, in denen ich nicht so oft daran gedacht habe, aber dann gab es wieder Zeiten, in denen ich jeden Tag daran habe denken müssen. Ganz vergessen konnte ich es bis jetzt leider noch nicht."

„Warum nicht? Es ist doch lange her."

„Da hast du auf jeden Fall recht. Es ist lange her. Aber alles, was wir in unserer Kindheit erleben, hat auch später noch Auswirkungen auf uns. Und wenn wir nicht richtig damit umgehen, dann kann das sehr lange sehr weh tun. Und manchmal können wir den Schmerz gar nicht richtig zuordnen. Die Erklärung dafür suchen wir dann ganz woanders und sind noch verzweifelter, wenn wir feststellen, dass das alles nicht so schnell besser wird."

„Wieso ist das alles so kompliziert?"

„Weil wir Menschen sehr kompliziert sind. Aber ich möchte, dass du weißt, dass das nicht immer etwas Schlechtes bedeutet. Du kannst aus dem, was dir passiert ist, auch sehr viel lernen. Das kann dich stärken. Du muss nur richtig damit umgehen."

„Wie gehe ich denn richtig damit um? Wie kann es sein, dass etwas Schlimmes auch gleichzeitig etwas Gutes bedeuten kann?"

„Indem du nicht zulässt, dass die Angst dein Leben kontrolliert, sondern du die Angst kontrollierst. Und indem du aus der Situation lernst und so stärker daraus hervorgehst. Wenn du zum Beispiel einen Fehler gemacht hast, dann solltest du ganz genau wissen, warum du diesen Fehler gemacht hast. Wenn du das verstanden hast, dann weißt du, wie du die Fehler in der Zukunft vermeiden kannst. Und so ist es auch, wenn man etwas Schlimmes erlebt hat. Man muss gut überlegen, welche Kräfte man daraus ziehen und so damit weiterarbeiten kann. Wenn du aus der Not heraus lernst, zu überleben, dann bin ich mir sicher, dass du dein ganzes Leben lang keine Angst mehr haben musst. Du wirst immer und überall überleben können, denn das hast du in einem noch schlimmeren Zustand auch geschafft."

25

Ich habe lange gebraucht, um zu verstehen, dass ich das, was mir widerfahren ist, zu meinen Gunsten nutzen kann. Das hat allerdings sehr lange gedauert, denn so einfach ist das nicht. Es ist nicht leicht, sich mit den Geistern der Vergangenheit bewusst auseinanderzusetzen. Und nicht alles wendet sich immer zu Gutem – denn vieles hängt von der Stärke der Person ab. Was bedeutet das? Es bedeutet, dass manche Menschen durch die Vergangenheit so stark belastet werden, dass sie ihr Leben nicht mehr im Griff haben. Es braucht eine gewisse Stärke, um mit allen Altlasten fertig zu werden.

Daher sollte man mit gewissen Gewohnheiten sehr vorsichtig sein, denn sie können einem das Leben schwer machen.

Als ich ein Kind war, ging es oft um Leben und Tod. Ich bin sehr früh erwachsen geworden, weil es die Umstände verlangten. Es gab keinen Raum für Fehler und kindliche Naivität. Die

Zeit, in der man die Welt als etwas Friedliches und Schönes erlebt, gab es bei uns nicht. Ich trauere dem bis heute noch nach. Das Kind in mir ist viel zu kurz gekommen. Heute, mit fast 40 Jahren, spüre ich das immer noch. Ich habe das Gefühl, dass mir sehr viel weggenommen worden ist, dass mir die unbeschwerte Zeit einfach gestohlen wurde. Dieses Gefühl, meine Kindheit verpasst zu haben, hat mir eine Weile sehr zugesetzt. Statt Kind zu sein, musste ich sehr früh Verantwortung übernehmen. Verantwortung für mich, manchmal auch für meine kleine Schwester, aber auch für meine Freunde und Eltern. Die Gefahr lauerte an jeder Ecke, und ich habe früh gelernt, sehr verlässlich und verantwortungsvoll zu sein. Wenn ich das nicht gewesen wäre, hätte das den Tod für jemanden bedeuten können. Wenn wir nicht darauf geachtet hätten, dass wir alle über die Brücke krabbeln, hätte das den Tod für jemanden von uns bedeutet. Daher musste ich sehr früh lernen, die Gefahr zu erkennen und schnellstmöglich eine Lösung zu finden. Und nicht irgendeine Lösung. Nicht etwas, das zu siebzig Prozent funktioniert. Nein, das reichte nicht aus. Es musste eine Lösung sein, die zu einhundert Prozent funktioniert.

Dadurch, dass dieser Zustand über Jahre ging, dieser Überlebensmodus, hat sich das sehr in mir eingeprägt. Es war wie in Stein gemeißelt und prägte mich als Jugendliche und junge Erwachsene. Erst mit Mitte dreißig habe ich verstanden, dass man nicht immer einhundert Prozent geben kann. Dass das Leben nicht so perfekt organisiert werden kann, dass alles stimmt. Irgendetwas sollte man liegenlassen können - ob das die Wäsche ist, der Haushalt, das Kochen, der anspruchsvolle Job oder ein Hobby. Denn es ist nicht leicht, ein Perfektionist zu sein. Es erfordert sehr viel Disziplin und Kraft. Wenn die Kraft irgendwann aufgebraucht ist, kann das dazu führen, dass dann einfach nichts mehr geht. Dafür ist das Leben allerdings viel zu kurz. Und bei allen diesen Themen geht es ganz bestimmt nicht um Leben und Tod! Die meisten alltäglichen Dinge sind nicht so wichtig und haben gewiss Zeit. Man gewinnt enorm viel Lebensqualität, wenn man zu dieser Erkenntnis kommt.

26

„Sag mal, wann kommt denn deine Mama? Warum sucht sie dich nicht?"

Mir fällt auf, dass es schon sehr spät geworden ist, und so langsam wundere ich mich, dass niemand nach dem Kind sucht.

Das Mädchen zieht die Schultern hoch, als Zeichen, dass sie es auch nicht weiß.

„Dann bleiben wir hier erst einmal sitzen, bis deine Eltern wieder da sind."

Mittlerweile haben wir uns beide etwas beruhigt. Wir sitzen auch schon eine Weile hier am Strand, und meine Gedanken schweifen immer wieder ab. Eigentlich bin ich an diesem Ort meistens gedankenfrei. Das ist das, was diesen Ort so besonders für mich macht. Es ist der einzige Ort, an dem ich ein wenig zur Ruhe kommen kann. Das Geschehene und die Gedanken sorgen dafür, dass ich einen Kloß im Hals habe. So nahe war ich dem Tod lange nicht mehr. Und das hat mich komplett aus der Fassung gebracht.

Als Kinder spielten wir oft draußen. Wir haben jede mögliche Minute draußen verbracht. Bis der Krieg anfing. Dann änderte sich alles - auch das Spielen war nicht mehr das, was es mal war. Hin und wieder kamen wir raus. Es gab Tage, an denen es ruhiger war. Diese Tage nutzten wir, um draußen zu spielen. Und dann gab es Tage, an denen die ganze Zeit geschossen wurde. An diesen Tagen saßen wir im Keller und hörten den Explosionen und Granaten zu. Es war die Melodie des Krieges. Irgendwann machten wir ein Spiel daraus und versuchten zu erraten, wo die Granaten einschlagen werden. Anhand des Geräuschs, das die Granate von sich gibt, haben wir versucht zu erraten, wo die Explosion sein wird. Je lauter das Geräusch einer Granate ist, desto näher ist die Explosion. Das Piepen hört man tatsächlich ab einem bestimmten Abstand. Es ändert sich im Sekundentakt, denn umso weiter die Granate entfernt ist, desto leiser das Piepen. Sobald das Piepen kräftiger und lauter wird, ist das ein Zeichen, dass die Granate in unmittelbarer

Nähe aufschlagen wird. Wir kannten unseren Ort in - und auswendig und haben so im Keller versucht, die Orte zu erraten. So traurig das auch klingen mag, aber zu dieser Zeit war das eine der wenigen Beschäftigungen, die wir hatten.

Die Angst kam, wenn wir merkten, dass die Explosionen immer näherkamen. Wir hatten große Angst, dass eine Granate das Haus treffen könnte, in dem wir uns befanden! Wir waren zwar im Keller, aber die Gefahr war immer da, dass das Haus auf uns stürzt. Daher war die Erleichterung immer groß, wenn der Tag verging und wir alle noch am Leben waren.

Nach so einem Tag unter schwerem Beschuss war es immer wieder eine Überwindung, den Keller zu verlassen. Im ersten Moment wusste niemand, was uns da draußen erwarten würde. Die Trümmer zu sehen, tat immer wieder aufs Neue weh. Zu sehen, dass der Ort, den man so liebt, zerstört wird, tat sehr weh. Und nicht nur das. Jedes Mal aufs Neue wurde unser Traum von Frieden und Ruhe damit zum Teil zerstört.

Träume hielten mich oft am Leben. Ich weiß noch, dass ich oft in dem dunklen Keller saß und einfach nur träumte. Ich träumte von einem schöneren Leben, von Frieden, schönen Orten, schöner Kleidung und von Essen. Ja genau, ich träumte vom Essen. Essen war zu der Zeit sehr begrenzt. Es gab einfach sehr wenig zum Essen. Die Geschäfte waren leer, und auf dem schwarzen Markt gab es zu utopischen Preisen hin und wieder Grundnahrungsmittel wie Mehl, Öl oder Zucker. Meine Mutter war zu der Zeit sehr erfinderisch, was das Essen angeht. Das, was wir von den Hilfsorganisationen bekamen, musste für eine Weile reichen. Es war wirklich nicht viel und schon gar nicht ausreichend, um eine Familie zu ernähren. Es gab hin und wieder ein wenig Mehl, Salz, Öl und Konserven. Oft aßen wir Brennnesseln. Meine Mutter machte eine Art Pita daraus. Pita ist ein Teiggericht. Der Teig wird sehr dünn ausgerollt und kann mit unterschiedlichen Zutaten gefüllt werden. Normalerweise wird Pita mit Spinat, Käse, Kartoffeln oder Fleisch gefüllt. Da das alles fehlte und Brennnessel als Unkraut wuchs, hat Mama das für die Füllung der Pita genutzt. Es war nicht besonders schmackhaft, aber es machte uns hin und wieder satt und enthielt viele Vitamine. Obst gab es nicht zu kaufen. Nur das, was wir saisonal im Garten hatten. Von allem anderen konnten wir nur noch träumen und hoffen, dass es eines Tages in Erfüllung geht.

27

Das, was heute passiert ist, hat mich wieder sehr nachdenklich gemacht. Die Tatsache, dass es so ein kritischer Vorfall war, hat mich in die Vergangenheit zurückgeworfen. Es gab Zeiten, da habe ich so etwas nicht zugelassen. Ich würde nicht sagen, dass ich emotional ein Wrack war, aber ich bin sehr kontrolliert mit meinen Gefühlen umgegangen. Egal, was passiert ist, ich habe mich immer wieder zusammengerissen und weitergemacht. Ich habe mir weder Zeit noch Raum gegönnt, über das Geschehene nachzudenken.

Heute weiß ich: Es ist in Ordnung, darüber nachzudenken, zu reflektieren, zu verarbeiten und dem Geschehen einen Platz zu geben. Es ist in Ordnung, seine Emotionen zu zeigen und mit anderen zu teilen. Es ist keine Schande und auch kein Zeichen von Schwäche. Es ist vielmehr wie ein Kleiderschrank, den man andauernd mit irgendwelchen Klamotten vollstopft und niemals ausmistet. Irgendwann platzt der Schrank aus allen Nähten, und es gibt keinen Platz mehr für etwas Neues. Man kann nichts mehr in dem Schrank verstauen. So stelle ich mir das auch oft bei uns Menschen vor.

Der Platz und die Ordnung, die man in einem Schrank braucht, brauchen Menschen genauso für den eigenen Kopf. Je mehr Unordnung in unseren Köpfen herrscht, desto anstrengender werden das Leben und der Alltag.

„Du träumst ganz schön viel", höre ich die leise Stimme von der Seite.

Inzwischen sitzen wir schon eine halbe Stunde am Strand. Ich frage mich, ob das kleine Mädchen überhaupt vermisst wird, und ob ich auch schon vermisst werde.

„Ja, ich träume gerade ganz schön viel. Weißt du, das, was vorhin im Wasser passiert ist, hat auch mich zum Nachdenken gebracht. Ich habe auch große Angst gehabt, und das versuche ich gerade für mich zu verarbeiten. Träumst du auch manchmal?"

„Manchmal", antwortet sie.

„Wovon träumst du? Du hast bestimmt viele Träume."

Ich versuche, durch Erfragen ein wenig über sie herauszufinden.

„Ich weiß es nicht. Ich vergesse das immer ganz schnell."

„Es ist wichtig, dass du immer an deinen Träumen festhältst und fest an sie glaubst. Auch wenn sie groß und unerreichbar erscheinen. Nichts ist im Leben unmöglich! Du muss nur ganz fest daran glauben. Und du darfst niemals aufhören, zu träumen. Wann immer du kannst, schließe deine Augen und träume. Und egal, wie lange es dauert, die Träume werden eines Tages in Erfüllung gehen. Du musst nur fest an sie glauben und sie dir so oft wie möglich in deiner Fantasie vorstellen."

„Ist es wirklich so, dass alle Träume eines Tages in Erfüllung gehen?"

„Ja, alle. Du musst nur fest an sie glauben und immer daran festhalten. Und höre nie auf anderen Menschen. Lasse niemals zu, dass andere Menschen dir deine Träume kaputt machen. Glaube fest an dich und an das, was du erreichen möchtest. Glaube mir, das wird sich auszahlen. Bleibe immer positiv und optimistisch. Auch wenn es hin und wieder schwierig wird. Auch wenn du manchmal denkst, dass die Situation aussichtslos ist. Du darfst dich nicht davon abschrecken lassen. Es läuft nicht immer alles so, wie wir es gern hätten. Und wenn du in so einer Situation bist, in der nichts läuft, dann lasse dich nicht entmutigen. Aus solchen Momenten lernt man unglaublich viel, auch wenn uns das Gelernte nicht direkt bewusst ist und wir es manchmal vor lauter Frust nicht erkennen. Aber ich bin mir sicher, dass du das tun wirst. Es wird nur eine Weile dauern."

Sie schaut mich mit großen, blauen Augen an und nickt.

Ich merke erst jetzt, dass ich gerade etwas energisch war. Ich hoffe, ich habe das arme Mädchen nicht erschreckt! Ich hätte mir gewünscht, es hätte früher jemanden gegeben, der mir diese Weisheit, diese Ermutigung mit auf den Weg gegeben hätte. Aber bei mir kam diese Erkenntnis erst spät.

28

In der Zeit, als wir noch im Krieg lebten, gab es keine Kleidung zu kaufen. Genauso wie beim Essen waren wir auf die Hilfsorganisation angewiesen. Natürlich haben wir untereinander Kleidung getauscht, aber für die meisten Dinge des täglichen Bedarfs waren wir auf die Hilfe von außen angewiesen. Niemand von uns konnte sich etwas kaufen. Es entstand ein Mangel an Kleidung und Schuhen. Damals kamen hin und wieder Pakete mit Sachspenden an, die von der UN verteilt wurden. Wir haben uns immer sehr auf die Pakete gefreut, denn für uns bedeutete das etwas Normalität. Die Pakete wurden ungeöffnet und nicht sortiert an alle verteilt. Die Aufregung war bei jedem von uns sehr groß.

‚Was da wohl alles drin ist‘, dachte ich damals voller Aufregung! Ich habe von wunderschönen Stücken geträumt, von Kleidern und Blusen, und war voller Vorfreude auf die Pakete.

Die Kartons wurden natürlich mit allen Nachbarn gemeinsam aufgemacht. So konnte sich jeder das herausnehmen, was passte und gebraucht wurde.

Ich erinnere mich an eine Situation, die besonders erwähnenswert ist, denn sie sorgte für unglaublichen Spaß und Lacher!
Wir hatten mal wieder einige Sachspenden bekommen. Natürlich waren die Kisten immer noch geschlossen, und wir entschieden uns, alle Kisten gemeinsam beim Nachbarn im Garten zu öffnen.
Es war ein schöner, sonniger Tag. Alles war ruhig – es gab keine Explosionen. Man hätte meinen können, es wäre ein ganz normaler Tag mit guten Freunden und Nachbarn gewesen. Nur, dass bei uns nichts normal war.
Wir machten uns also über die Kisten her. Jeder versuchte, eine zu öffnen, und alle waren sehr auf den Inhalt gespannt!
Als wir dann ein großes Paket aufmachten, war dieses voller Schuhe. Die Freude war sehr groß,

denn Schuhe waren tatsächlich Mangelware. Schuhe hatten bei den Kindern im Krieg einen großen Verschleiß und konnten daher oft nicht weitergereicht werden. Oder wir nahmen sie kaputt an und trugen sie, solange es eben ging. Diese Kiste war allerdings sehr besonders: In ihr befanden sich keine Sneaker oder Stiefel. Es waren keine Sommer- oder Winterschuhe dabei. Es waren weder Kinder- noch Herrenschuhe. Nein, dieses Paket war voller High Heels, Schuhen mit sehr hohen Absätzen! Es gab sie in vielen unterschiedlichen Farben und mit verschiedenen Absatzhöhen.

Dieser Moment war wirklich unvergesslich. In all dem Elend war dies ein Moment, in dem wir alle laut und herzlich lachen mussten! Ein Moment der Freude. Ein Moment, der uns alle für einen kurzen Moment vergessen ließ, in was für einer Situation wir uns eigentlich befanden. Und was haben wir mit den Schuhen gemacht? Natürlich eine Modenschau! Und wir haben uns dabei köstlich amüsiert.

Das war das erste Mal, dass ich solche Schuhe anziehen durfte. Auch wenn die High Heels keinen praktischen Nutzen hatten, haben sie doch für einen Augenblick der Freude und Hoffnung gesorgt. Für diesen einen Moment Normalität inmitten des Chaos. Hiermit ein herzlicher Dank nachträglich an den Spender dieser High Heels!

29

Das Leben heute ist sehr hektisch, anspruchsvoll und herausfordernd. Jeder hat seine Vorstellungen vom Leben und versucht, diese zu verwirklichen. Manchen gelingt es schneller und manchen nicht. Und je nach Anspruch braucht man mal mehr und mal weniger Zeit für sich selbst. Dabei ist es essenziell, sich selbst gut zu kennen. Es ist wichtig, Zeit zu haben, um sich selbst finden und überlegen, wer man ist und was man vom Leben will. Sich Zeit zu nehmen und alle Phasen des Lebens zu durchleben und dabei nichts zu bereuen. Und bloß nichts auszulassen. Ganz egal ob als Kind, Jugendlicher oder Erwachsener. Es ist wichtig, jeden Traum zu leben, zu erleben. Erfahrungen zu sammeln, Fehler zu machen und daraus zu lernen. Hinfallen und wieder aufstehen. Kind sein dürfen.

Das Leben so genießen, wie man es für richtig hält und so ordnen, wie man es braucht. Es ist wichtig, nichts auszulassen. Aus eigener Erfahrung weiß ich, wie wichtig das wirklich ist, für die eigene Weiterentwicklung, für das Selbstvertrauen und für die innere Ruhe. Wenn eines dieser Puzzlestücke fehlt, werden wir unser ganzes Leben das Gefühl haben, etwas verpasst zu haben. Wir würden etwas vermissen, was wir nicht wiederholen oder nachholen können. Wir können die Zeit nicht rückgängig machen und das Versäumte einfach nachholen. Wenn dieser eine Zug vorbeigefahren ist, ist es leider nicht einfach, auf den nächsten zu springen. Oft geht es uns nicht gut dabei. Oft wissen wir auch nicht, was uns genau fehlt. Es mangelt uns an etwas, ohne dass wir genau sagen könnten, was es ist. Die unterschiedlichen Erfahrungen, die wir im Leben machen, sind sehr elementar. Das ist uns leider nicht immer so bewusst. Und in den Momenten, in denen es uns nicht gut geht, verbinden wir das nicht immer mit der Vergangenheit.

Aus diesem Grund beschäftigen wir uns nicht mit dem, was war. Wir suchen nicht in der Vergangenheit nach Lösungen. Wir konzentrieren uns meistens auf das Problem und beißen uns darin fest. Wir fühlen uns orientierungslos, hilflos und ängstlich. Uns ist nicht bewusst, dass wir uns so fühlen, weil wir einen Mangel haben. Einen Mangel an Momenten, die wir verpasst haben, und die unbedingt nachgeholt werden wollen. Das Problem bei der Sache ist, dass sich sehr wenige Menschen mit der Vergangenheit beschäftigen wollen. Dabei liegt die Lösung oft genau dort, auch wenn der Weg schmerzlich ist.

„Was passiert, wenn man stirbt?", fragt das Mädchen neben mir in energischem Ton.
Die Frage erstaunt mich etwas. Auch wenn wir dem Tod heute sehr nahe waren, überrascht es mich, dass dieses kleine Wesen darüber nachdenken muss.

„Du brauchst dir über den Tod keine Gedanken zu machen. Du bist noch so klein. Du hast noch dein ganzes Leben vor dir."

Ich versuche, überzeugend zu sein, auch wenn ich weiß, woher die Gedanken kommen.

„Aber vorhin bin ich fast gestorben. Was passiert denn, wenn jemand stirbt?"

„Darauf habe ich leider keine Antwort, aber ich versichere dir, dass du noch ein langes, langes Leben vor dir hast."

„Hast du denn keine Angst vor dem Tod?"

„Das hatte ich früher, als ich ungefähr so alt war wie du jetzt. Ich hatte sehr viel Angst vor dem Tod, aber jetzt nicht mehr."

„Warum hast du jetzt keine Angst mehr?"

„Auch das kann ich dir leider gar nicht so einfach beantworten, denn ich weiß es nicht. Irgendwann ist die Angst einfach verschwunden, ohne dass ich viel darüber nachgedacht habe. Der Tod war nicht mehr so nah. Wenn dann so etwas passiert wie heute, dann muss natürlich auch ich wieder darüber nachdenken. Und das ist überhaupt nicht schlimm. Es ist in Ordnung sich damit zu beschäftigen. Du darfst nur nicht zulassen, dass es dein Leben dominiert. Wir sollten das Leben in vollen Zügen genießen können, ohne Angst und Einschränkungen."

„Genießt du dein Leben?"

„Du bist ganz schön neugierig für dein Alter."

Ich muss grinsen. Das kleine Mädchen erinnert mich sehr an mich selbst. Ich war auch so neugierig als Kind. Ich habe auch jeden so ausgefragt. Egal, in welcher Situation und worum es ging - ich wollte es unbedingt wissen.

„Es gab Zeiten, in denen habe ich das Leben nicht so wirklich genießen können. Immer stand mir etwas im Weg, zumindest glaubte ich das. In Wirklichkeit stand ich mir selbst im Weg, ohne es zu wissen. Ich wusste nie genau, was mein Problem ist und warum ich das Leben nicht so genießen konnte. Ich wollte es ja! Aber etwas stand im Weg. Irgendwann fing ich an mich zu fragen, warum das so ist. Nach langem Überlegen und Grübeln habe ich herausgefunden, was das Problem war: nämlich

ich selbst und das, was mir widerfahren ist. Erst da habe ich angefangen, mich mit mir selbst zu beschäftigen und mich selbst besser kennenzulernen. Das ist sehr wichtig. Es ist sehr wichtig zu wissen, wer du bist, was du im Leben erreichen möchtest, was deine Träume sind, aber auch, was du in der Vergangenheit erlebt hast. Und wenn du das alles weißt, dann kannst du das Leben in vollen Zügen genießen."

„Warum ist die Vergangenheit so wichtig? Sie ist doch schon vorbei."

„Die Vergangenheit spielt eine sehr große Rolle in unserem Leben. Die Art wie wir sind, wie wir handeln, wie wir uns fühlen, welche Ängste wir haben und ob wir an unsere Träume glauben. Das, was und wer wir am Ende sind, ist das Resultat unserer Vergangenheit."

„Und was ist, wenn die Vergangenheit nicht so schön ist? Heißt das, dass unser Leben später nicht schön wird?"

„Ganz und gar nicht. Es kann sein, dass die Kindheit nicht so schön war. Das kann passieren. Es gibt verschiedene Faktoren, die dafür sorgen können, dass ein Kind nicht so aufwächst, wie es sein sollte. Das ist nicht schön, aber wir können das für etwas Gutes nutzen. Wir können viel Stärke daraus ziehen und gewisse Eigenschaften dadurch entwickeln, die uns zu … Superhelden machen! Es ist nur wichtig, dass wir über alles reden. Wir dürfen uns nicht in die Einsamkeit zurückziehen, uns abkapseln und zum Einzelgänger werden. Wir müssen dem, was geschehen ist, einen Platz in unserem Leben geben. Das, was geschehen ist, darf auf keinen Fall unser Leben kontrollieren. Du brauchst dir keine Sorgen zu machen. Alles wird gut, das versichere ich dir!"

„Egal, was passiert?" Sie klingt jetzt etwas selbstbewusster und mutiger.

„Egal, was passiert. Ich verspreche es dir! Am Ende wird alles gut. Du solltest keine Angst von der Zukunft und vor alldem haben, was auf dich zukommt."

„War bei dir am Ende auch alles gut?"

„Es ist ja noch kein Ende in Sicht." Ich muss jetzt laut lachen.

„Ich bin noch da. Ich bin noch nicht tot. Aber ja, es ist alles gut. Es hat eine Weile gedauert, denn ich musste das alles für mich allein herausfinden. Diese Ansätze und Gedanken hat mir niemand mitgegeben, und ich habe eine Weile gebraucht, um zu verstehen, was genau das Problem ist. Wenn mir früher jemand das gesagt hätte, was ich dir gerade erzählt habe, dann hätte ich bestimmt nicht so lange dafür gebraucht. Aber es gab leider niemanden, der mich auf das Leben vorbereiten konnte. Niemanden, der mir sagte, dass am Ende alles gut sein wird. Und das stimmt: Alles wird gut, du muss nur fest daran glauben."

Das Mädchen steht plötzlich auf und umarmt mich.

„Ich danke dir. Ich versuche, mir das zu merken."

„Sehr gern."

30

Ihre Umarmung fühlt sich sehr vertraut an. Ich fühle eine enorme Energie durch meinen Körper fließen. Etwas, was ich mit Worten schwer erklären kann. Es fühlt sich an, als würde ich das Mädchen schon ewig kennen. Ich bekomme eine Gänsehaut, und mein Herz schlägt auf einmal viel schneller. Was ist hier los? Was passiert gerade? Es fühlt sich alles sehr surreal und unheimlich an. Als wäre ich an einem anderen Ort. Plötzlich herrscht völlige Stille. Ich höre keine Geräusche mehr.

„Das kann doch nicht real sein", sage ich ganz leise. „Was ist hier los?"

Das Mädchen steht vor mir und schaut mich mit großen Augen an. Meine Schockstarre ist kaum zu übersehen. Ich bin verwirrt und kann das, was gerade passiert, nicht wirklich zuordnen.

„Es ist alles gut", lächelt sie. „Ich muss jetzt leider gehen."

„Aber deine Eltern sind doch noch nicht da. Ich kann dich jetzt nicht allein gehen lassen. Ich muss wissen, dass du nicht nochmal Unsinn machst." Ich versuche zu lächeln, während ich das sage, und mich so normal wie möglich zu verhalten.

„Doch. Es ist an der Zeit, dass du mich für immer gehen lässt."

Das Gespräch fühlt sich sehr abstrus an. Als würde ich das Mädchen festhalten! Dabei habe ich ihr erst vorhin das Leben gerettet!

„Ich halte dich nicht fest. Du kannst jederzeit gehen. Wir haben doch nur auf deine Mama gewartet und gemeinsam über das Leben philosophiert."

„Du hast mich vorhin gerettet. Ich denke, das musste so sein. Jetzt bin ich um einiges schlauer. Ich weiß, dass ich keine Angst vor der Zukunft haben muss, dass alles gut wird. Egal, was noch passiert, ich weiß, ich werde es schaffen. Und du kannst mich jetzt endlich gehen lassen und dein Leben in Ruhe und Frieden leben", wiederholt sie freundlich, aber mit Nachdruck.

„Aber ich halte dich doch nicht fest." Ich habe plötzlich das Gefühl, mich verteidigen zu müssen. Ich halte ganz bestimmt niemanden fest! Die Situation wird immer skurriler. Ich würde nie jemanden festhalten!

„Ich denke schon. Es ist an der Zeit, dass du dein erwachsenes Leben lebst. Es ist jetzt gut mit der Vergangenheit. Du hast das Kind in dir endlich retten können."

„Das Kind in mir?" Ich wiederhole, was sie gesagt hat, und muss dabei lachen.

„Ja." Jetzt wird das Mädchen sehr ernst. Sie ist sichtlich irritiert, dass ich ihr nicht glaube und das Ganze etwas ins Lächerliche ziehe. Aber ich kann nicht anders. Ich verstehe nicht, was hier gerade vorgeht.

„Ich bin verwirrt. Was erzählst du für Sachen?"

„Ich weiß es auch nicht genau, aber ich denke, es war wichtig, dass wir noch einmal aufeinandergetroffen sind, dass du mich auf eine Weise noch einmal gerettet hast. Jetzt kannst du wirklich mit der Vergangenheit abschließen und in Ruhe weiterleben. Es ist an der Zeit, loszulassen. Du hast mich gerettet. Damit hast du uns beide gerettet. Ich weiß jetzt, dass alle meine Träume in Erfüllung gehen, wenn ich so groß bin wie du. Ich muss nur fest an mich und meine Träume glauben und sie niemals aufgeben, egal, wie schwierig es wird. Ich nenne es eine *Phase* und ich weiß, dass die Phasen vorübergehen. Ich werde keine Angst vor dem haben, was noch auf mich zukommt."

Sie umarmt mich noch einmal, und bevor ich etwas sagen kann, rennt sie weg und verschwindet in der Nacht, wird von der Dunkelheit verschluckt.

Ich bin noch immer in der Schockstarre. Ich kann nicht glauben, was gerade passiert ist. Ich sitze da und versuche, das Ganze zu verarbeiten, bin sprachlos und verwirrt.

31

Was ist hier los? Was ist gerade geschehen? War das alles gerade echt? Oder träume ich nur und wache gleich in meinem weichen Bett auf, lache über mich selbst?

Aber es fühlt sich echt an und nicht so, als würde ich gerade schlafen. Ich reibe mir die Augen und schaue mich um. Ich sitze noch immer am Strand, in der Dunkelheit. Dennoch bin ich mir nicht mehr sicher, was Realität ist und was nicht. Ich bin völlig durcheinander, und viele Fragen purzeln in meinem Kopf herum.

Wer war das? Habe ich mich wirklich selbst gerettet? Bin ich das etwa gewesen, als ich noch ein kleines Mädchen war? So etwas ist einfach nicht möglich! Ich muss das geträumt haben. Ich versuche, aufzuwachen, aber wie viel Mühe ich mir auch gebe – ich stelle fest, dass ich nicht schlafe, sondern immer noch am Strand sitze.

Habe ich mich selbst aus dem Meer gerettet? Und wie ist das mit dem Loslassen gemeint? Ich weiß, dass es noch sehr viel Ungeklärtes in meinem Leben gibt, aber das hier kann nicht Wirklichkeit sein. Ich kann es mir einfach nicht vorstellen. Kein Mensch wird mir das jemals glauben! Ich selbst kann es kaum glauben.

Aber was bedeutet das alles? Und wenn das alles gerade wirklich passiert ist, was soll mir das sagen? Irgendeinen Grund muss es doch gehabt haben. So etwas passiert nicht einfach so. Es muss irgendeine Bedeutung haben. Ich weiß, dass das Kind in mir immer noch sehr leidet. Das Gefühl, die eigene Kindheit verpasst zu haben bzw. nie gehabt zu haben, verfolgt mich schon lange. Das Gefühl, nie Kind gewesen zu sein, dem Tod und der Zerstörung immer so nah.

Es gibt Phasen in meinem Leben, in denen die verpasste Kindheit unglaublich wehtut. Vor allem, wenn man eigene Kinder bekommt und einem, während man ihnen beim Aufwachsen zusieht, erst klar wird, was für eine furchtbare

Kindheit man selbst hatte. Es schmerzt sehr. Das ist die Zeit, die nie wiederkommt. Im Leben ist vieles käuflich, aber die wichtigsten Dinge sind nicht mit Geld zu bezahlen. Zeit kann man nicht kaufen, auch wenn man noch so viel Geld besitzt. Verpasst ist verpasst. Und das tut unglaublich weh. Diesen Schmerz trage ich immer mit mir herum. Ich habe ganz oft versucht, mich dem Schmerz zu stellen und damit fertigzuwerden. Bis heute habe ich das nur bedingt geschafft. Etwas hat die ganze Zeit gefehlt, um dieses Kapitel abschließen zu können.

32

Ich weiß, dass viele Menschen den eigenen Schmerz ihr ganzes Leben mit sich herumtragen. Viele von uns kämpfen immer noch mit alten Geschichten aus der eigenen Kindheit, manche bewusst und andere unbewusst. Manche Menschen wissen, womit sie zu kämpfen haben, und sind auch in der Lage und bereit, etwas dagegen zu tun. Andere wiederum quälen sich ihr Leben lang, ohne zu wissen, wo der Schmerz herkommt, und sind somit auch nicht in der Lage, ihr Leben wieder in Ordnung zu bringen und zu genießen. Sie verspüren den Schmerz ihr Leben lang und finden keine Ruhe.

Und es gibt eine dritte Gruppe: Menschen, die wissen, dass die Geschehnisse aus der Kindheit sie enorm belasten und ihr Leben negativ beeinflussen, und die das Ganze verdrängen und so tun, als wäre es niemals passiert, in der Hoffnung, dass der Schmerz irgendwann von allein verschwindet. Irgendwann glauben sie selbst, dass die Geschichte nicht stimmen kann. Es wird alles bis ins letzte Detail verdrängt. Leider heißt Verdrängen nicht ungeschehen machen. Denn der Schmerz sitzt tief in der Seele und bleibt da, solange man lebt. Ich habe auch versucht, ihn zu verdrängen - bis irgendwann alles aus mir herausgeplatzt ist. Falls du ebenfalls zu dieser Sorte Mensch gehörst – setze dich bitte mit deinem Schmerz auseinander! Ich kann dir sagen, dass es hilft! Es ist es auf jeden Fall wert, dass wir uns dem Teufel in uns stellen und ihn besiegen. Warte nicht zu lange damit!

Denn egal in welcher Form, aber ein Kindheitstrauma hat großen Einfluss auf unser späteres Leben.

Die Angst und Unsicherheit, die wir als Kinder spüren, begleiten uns unser Leben lang. Unsere Gewohnheiten und Taten sind oft ein Resultat unserer Kindheit.

Eine Auseinandersetzung mit dem Kind in dir ist daher irgendwann unvermeidbar. Nur so sind wir in der Lage, Ruhe und Frieden zu finden. Ein besserer Mensch zu werden. Auch wenn uns allen wohl bewusst ist, dass wir die Vergangenheit niemals ändern werden. Aber wir können Frieden mit ihr schließen. Uns selbst besser verstehen und dadurch ein besserer Mensch werden. Nicht nur für das eigenen Wohlbefinden, sondern auch für die Menschen um uns herum.

33

Ich habe mich sehr viel mit meiner eigenen Vergangenheit auseinandergesetzt. Irgendwann hatte ich einen Punkt erreicht, an dem es unvermeidbar war. Ich musste das tun. Es war nicht immer einfach und schon gar nicht schön. Aber es war notwendig.

Ich bin auch heute noch nicht am Ende meiner Reise, aber ich verstehe mich mittlerweile selbst besser denn je. Meine Ängste, sobald ich mich einer Grenze nähere, sind mehr als berechtigt. Die Flucht, die ich als kleines Kind erlebt habe, erklärt diese Ängste in jeglicher Hinsicht. Lange habe ich diese Zusammenhänge nicht gesehen. Mir war nicht bewusst, dass die Flucht, die ich als Kind erlebt habe, mich fünfundzwanzig Jahre später immer noch im Griff hat. Warum auch, denn vergangen ist vergangen. Auch wenn es für manche offensichtlich erscheint – für mich war es das nicht. Viele Jahre habe ich diese Zusammenhänge nicht gesehen. Ich bin mir nicht sicher, ob ich es nicht wollte oder konnte. Ich habe alles, was in diesen schrecklichen Jahren passiert ist, zu verdrängen versucht. Ich habe gedacht, dass es besser ist, wenn ich einfach so tue, als wäre das nie passiert. Ich wollte mich nicht mit der Vergangenheit auseinandersetzen, weil ich ahnte, wie schmerzlich das sein würde. Aber ab einem gewissen Punkt im Leben war es unvermeidbar. Ich wusste, dass ich nur so überleben kann. Ich wusste, dass, wenn ich das nicht tue, ich irgendwann in meinem eigenen Schmerz und meiner Angst ertrinken würde. Ich wusste, dass es mich mein Leben kosten würde, wenn ich mich dem nicht stelle. Mir war klar, dass ich beim ersten Mal Glück hatte und überlebt habe. Nochmals würde ich das nicht schaffen.

Mein zwanghafter Perfektionismus hat nichts damit zu tun, dass ich unbedingt Kontrolle über alles haben muss. Es hat mit der Tatsache zu tun, dass ich schon als kleines Mädchen keine Fehler machen durfte. Nicht, weil meine Eltern das von mir verlangt haben, sondern weil mein Fehler im schlimmsten Fall jemanden das Leben gekostet hätte. Oder mein Leben. Ich musste als Kind strategisch überlegen, welchen Zug ich als nächstes mache.

Daher mache ich bis heute kaum etwas Unüberlegtes. Ich bin der Meister in schnellem Überlegen, der Beurteilung einer Situation und der Ausarbeitung eines Planes B. Das tue ich tagtäglich und in fast jeder Situation.

Ich weiß, dass ich oft in eine Schublade gesteckt werde als jemand, der durchaus des Öfteren genervt ist. Sowohl von mir selbst als auch von Menschen, die mir nahestehen. Zum einen, weil ich sehr empfindlich auf Fehler reagiere, und zum anderen, weil ich so perfektionistisch bin. Was keiner weiß ist, dass ich im Grunde immer versuche, erst an andere zu denken und dann an mich selbst. Auch das habe ich viel zu früh gelernt. Im Krieg wird man sehr schnell erwachsen. Als kleines Mädchen wusste ich bereits, dass meine Eltern zu viele

Sorgen hatten, also habe ich mich sehr zurückgezogen, um bloß keine Last zu werden. Dieser Gedanke, dass ich niemals für irgendjemanden eine Last werden darf, hat sich durch mein ganzes Leben gezogen. Ich bin diejenige, die immer stark ist, immer für andere da ist und für jedes Problem eine Lösung parat hat. Und wenn ich nicht sofort eine Lösung habe, zerbreche ich mir den Kopf, bis ich eine habe. Auch das stammt das aus meiner Kindheit: all diese ... ich nenne sie mal *Allüren*, die ich habe, die mich mein Leben lang begleiten. So viel Wut, Angst, Trauer, Fürsorge, Sorgen, Einsamkeit. Wie lange bin ich damit herumgelaufen, bis ich verstanden hatte, was genau die Ursache für all das ist ...

Erst als ich mit fast vierzig Jahren ernsthaft krank wurde, wurde mir klar, dass ich diese Bürde nicht mein Leben lang tragen kann. Erst da habe ich mich tatsächlich gezwungen, mich selbst kennenzulernen, mit allen guten und schlechten Seiten. Mit allen schönen und weniger schönen Erinnerungen. Lange habe ich mich selbst gehasst und mich nicht verstanden. Erst, als ich bereit war, alles noch einmal emotional durchzustehen, habe ich Verständnis für mich, meine Emotionen und Unsicherheiten entwickelt. Ich weiß jetzt, wo sie herkommen. Aber es ist sehr schwer, sie loszuwerden. Es ist schwer, damit fertig zu werden und sie zu akzeptieren. WARUM ICH?

34

Es heißt: „Sei immer dankbar im Leben, und das Gute kommt zu Dir." Daran glaube ich mehr als jeder andere Mensch. Ich bin davon überzeugt, dass eine positive Einstellung nur Positives mit sich bringt. Dass die positive Energie ein positives Ereignis anzieht. Wenn wir morgens mit schlechter Laune aufstehen, so ist es oft vorprogrammiert, dass der Tag schlecht wird. Ich glaube an all das, und dennoch fällt es mir sehr schwer, dankbar zu sein. Weil ich immer noch an der Vergangenheit hänge und sie nicht richtig loslassen kann. Die Vergangenheit hat mich noch immer im Griff, und manchmal glaube ich, an ihr zu ersticken. Dieses Gefühl begleitet mich jeden Tag meines Lebens, und oft sind es meine eigenen Handlungen, die mich an die Vergangenheit erinnern. Ob es die Grenzkontrolle ist, mein Perfektionismus oder mein Drang, es allen recht machen zu wollen.

Vieles erinnert mich täglich an meine Kindheit und an das, was ich erleben musste.

Es fällt mir unglaublich schwer, für die Vergangenheit und meine Kindheit dankbar zu sein. Diese Zeit war alles andere als schön. Es gab keine schöne Grundschulzeit oder Familienreisen in exotische, ferne Länder. Es gab keine Kindergeburtstage oder exotisches Essen. Es gab keine Musik, kein Lachen oder unbeschwertes Spielen. Es gab keinen Zoo, kein Kino, kein Theater oder gar eine Busfahrt. Alles, was wir in der westlichen Welt als selbstverständlich empfinden, gab es damals nicht. Oft machen mich diese Versäumnisse unglaublich wütend, wütend auf alle Menschen um mich herum. Ich fühle mich hilflos, verloren und einsam. Und das Gefühl, dass mich niemand versteht, ist ganz oft da.

So etwas hat kein Kind dieser Welt verdient, und das darf auch kein Kind mehr erleben. Das hinterlässt so große Spuren. Es hinterlässt kleine, kaputte Seelen, die nur schwer zu reparieren sind. Leider gibt es immer noch so viele sinnlose Kriege auf dieser Erde, und es tut mir in der Seele weh, wenn ich daran denke, wie viele Kinder darunter leiden. Wie viele Kinder gerade in Angst leben müssen. Angst um sich selbst und die Menschen, die sie lieben. Aber nicht nur in Angst, sondern auch in Unsicherheit, Zerstörung, Hunger und Armut. Sie leben und verstecken sich in siffigen Kellern oder menschenunwürdigen Flüchtlingsunterkünften. Schwer zu verstehen, dass so etwas im 21. Jahrhundert immer noch so oft vorkommt. Und egal, wie ich diese Tatsache drehe und wende, es fällt mir unglaublich schwer, dafür dankbar zu sein. Aber über die Jahre habe ich versucht, mein Gehirn zu trainieren. Nachdem ich angefangen hatte, bewusst darüber nachzudenken, war es mir wichtig, mein Gehirn darauf zu trainieren, wieder dankbar zu sein. Es gibt Phasen, da geht es besser und dann wieder andere, in denen das gar nicht geht. Denn das Kind in mir leidet immer noch.

35

Kannst du einfach so akzeptieren, was dir als
Kind widerfahren ist?

Ich nicht! Ich trauere meiner Kindheit immer
wieder nach. Ich wünsche mir so sehr, sie wäre
anders gewesen. Ich wünsche mir, ich hätte eine
normale Kindheit gehabt. Nur stellt sich dann
die Frage – wer wäre ich heute? Ich befinde
mich mit dieser Frage in einer Zwickmühle.
Eigentlich kann ich stolz auf das sein, was ich
heute bin. Ich bin ein guter Mensch geworden.
Ich habe, von außen betrachtet, ein schönes
Leben. Ich bin erfolgreich in meinem Job. Ich
habe eine großartige Familie. Hätte ich all das
auch, wenn ich ein „normales" Leben gehabt
hätte?

Ich bin mir nicht sicher, was aus mir geworden
wäre.

Ich sollte dankbar für das Leben sein, das ich
heute habe. Ich sollte jeden Tag vor
Dankbarkeit platzen. Aber das kann ich nicht.
Ich fühle das nicht immer, egal wie viel Mühe

ich mir gebe. Irgendetwas in mir hat mich all die Jahre gebremst. Etwas in mir konnte dieses Glück nicht zulassen. Ich durfte nicht glücklich sein. Wie konnte ich es wagen! Wie konnte ich glücklich sein! Ich habe immer so ein schlechtes Gewissen gehabt, wenn ich glücklich war. Als hätte ich mich jemandem gegenüber schlecht gefühlt. Jemandem gegenüber ein schlechtes Gewissen gehabt. Bis jetzt habe ich nicht gewusst, wer das war oder sein könnte. Das war lange ein Rätsel für mich. Ich habe immer gedacht, dass es meine Eltern sind, meine Familie und Freunde. Ich dachte, dass ich nicht glücklich sein darf, wenn sie irgendein noch so kleines Problem haben. Denn mir ist mein Umfeld sehr wichtig.

Heute habe ich es endlich verstanden. Ich hatte die ganze Zeit ein schlechtes Gewissen gegenüber dem Kind in mir! Wie konnte ich glücklich werden, wenn sie es als Kind nicht war und niemals sein wird. Die Vergangenheit lässt sich nicht zurückspulen, um das Leben wieder von vorn zu beginnen, um das Leben zu führen, das ich gerne gehabt hätte!

Ich habe das Gefühl, dass auf meiner Reise genau das gefehlt hat. Ein Abschied von dem Kind in mir. Die Suche nach Antworten hat jetzt ein Ende. Das war das letzte Puzzlestück auf der langen Reise und Suche nach mir selbst. Und auch wenn der Abschied von dem Kind in mir jetzt endgültig ist, so weiß ich, dass das, was gesehen ist, zu mir gehört und mich mein Leben lang begleiten wird. Mir ist in diesem Moment klargeworden, dass ich die Ruhe, die ich so verzweifelt gesucht habe, nie finden werde. Das, was geschehen ist, kann ich leider nicht mehr ungeschehen machen. Das Schicksal hat diesen Weg für mich bestimmt.

Er war alles andere als einfach und schön, und gerecht war er auch nicht. Dieser Weg, diese Ungerechtigkeit, hat mein ganzes Leben beeinflusst.

Nach vielen Jahren zwischen Leid und Angst im Krieg ist irgendwann Ruhe in meiner Heimat eingekehrt. Die Politiker haben sich die

Hände geschüttelt und Verträge unterschrieben. Plötzlich war es einfach und möglich. Aber nur wenige haben an das Leid der vielen Menschen gedacht. Dass die Geschehnisse unser ganzes Leben beeinflussen würden, hat niemand berücksichtigt. Noch Jahre später verfolgen uns Angst und Unsicherheit. Noch Jahre später kämpfen wir mit unseren inneren Dämonen. Das ist etwas, was in keinem Vertrag erwähnt wird! Das ist etwas, was uns niemand mehr nehmen kann! Das Einzige, das wir tun können ist, das Geschehene in einer Schublade abzulegen, bis der nächste Trigger sie wieder aufreißt und die Bilder zurückkehren, lebendig und schmerzhaft. In diesen Momenten ist es wichtig, einen sicheren Ort zu haben, an dem wir einkehren können, um für einen Moment Ruhe zu spüren. Die Ruhe, die notwendig ist, um das Kind in mir beruhigen zu können, ihm die Angst und Unsicherheit zu nehmen und ein Gefühl der Sicherheit zu geben.

Es ist an der Zeit, abzuschließen. Abzuschließen mit dem Kind in mir. Es ist gut so, wie es war, und es ist nicht mehr wichtig, ob es ein Traum oder die Realität war. Eins weiß ich jetzt: Das kleine Mädchen in mir musste gerettet werden, um das Leben in Frieden und ohne Angst weiterleben zu können.

Epilog

Das Schicksal hat einen eigenen Weg für jeden von uns. Für manche ist das Leben wunderschön, behutsam und angenehm. Für andere ist das Schicksal eine anderes, voller Leid, Angst und Unsicherheit. Ich frage mich oft, wie dieses Losverfahren zustande kommt, und ob man es irgendwie umgehen kann. Ich bin davon überzeugt, dass alles vorbestimmt ist. Das heißt nicht, dass ich das gerecht finde. Ganz und gar nicht. Aber wie kommen wir aus der Sache raus? Wie finden wir den Frieden und die Ruhe, die wir so brauchen, um glücklich zu sein?

Was ich mit Sicherheit sagen kann, ist, dass wir das Geschehene nicht ignorieren dürfen, unabhängig davon, welches Trauma wir durchleben mussten und welches Leid uns widerfahren ist. Wir müssen uns dem stellen und Frieden damit schließen. Wir müssen dem Kind in uns verzeihen, denn das Kind kann nichts dafür. Wir dürfen uns nicht unser ganzes Leben für etwas bestrafen, was wir selbst nicht in der Hand hatten. Ich konnte nichts für den Krieg. Genau so wenig können misshandelte Kinder etwas dafür, dass sie misshandelt wurden. Wir können nichts für den Verlust von geliebten Menschen durch den Tod, für Autounfälle, Armut, Liebesentzug oder andere Ereignisse, die uns unser Leben lang beschäftigen und begleiten. Es darf uns und unser Leben nicht kontrollieren.

Es ist an der Zeit zu verzeihen, zu heilen und Ruhe zu finden. Denn Du kannst nichts dafür!